AF219132

Copyright 2022 Klaus Kandel

ISBN 9783754325698

Umschlag: Klaus Kandel

Korrektorat: Ursula Schuchardt

Herstellung und Verlag:
BoD – Books on Demand, Norderstedt

$$\Phi = N\Phi_i = N\left(-\frac{e^2}{4\pi\varepsilon_0 r}\sum_{i\neq j}\frac{\pm 1}{p_{ij}} + \frac{B}{r^n}\sum_{i\neq j}\frac{1}{p_{ij}^n}\right)$$

*

⋮

Terras Zukunft:
»Die Formel«

Sie hieß Andrea Liehl, 31 Jahre, unverheiratet, alleinstehend, keine Haustiere. Doktor der Physik und seit ein paar Tagen überraschend arbeitslos.

Wie kam es nur dazu? Vielleicht hätte sie dem elenden Kerl nicht umgehend die Nase brechen sollen?

Andererseits, sie handelte völlig impulsiv aus der Situation heraus. Wenn sie daran dachte, wurde sie immer noch stink wütend und würde in der gleichen Lage wiederum genauso handeln.

Sie versuchte, sich noch einmal den gesamten Vorfall, welcher zu ihrer Entlassung führte, ins Gedächtnis zurückzurufen.

Vor ein paar Tagen saß sie, über die Tastatur ihres Computers gebeugt, konzentriert arbeitend an ihrem Schreibtisch. Dann, die Umgebung um sie herum vor ihr verschwand. Sie saß wo? ... in einem Kontursitz? ... eine dunkelblaue Uniform tragend, wieso ... wer war sie? Vor ihr Personen an unbekannten

Steuerpulten sitzend, großflächige Bildschirme ... unscharf, kaum etwas zu erkennen. Unversehens zerriss das Bild, ein Blitz, von oben nach unten zuckend, sie ebenfalls mit zerreißend. Alles blutrot, in eine absolute Schwärze übergehend. Eine Vision, eine

Erinnerung? Gleich darauf zeigte ihr Monitor nichts als die üblichen Formeln. Was geschah mit ihr? Was bedeutenden diese immer öfters wiederkehrenden, völlig unerklärlichen, nahezu hypnotischen Tagträume?

Während sie noch geschockt nachdachte, erschrak sie zutiefst.

Sie spürte eine Hand in ihrer Bluse, welche ihre linke Brust, kaumeine Sekunde lang, kräftig drückte. Im ersten Moment war sie starr vor Schreck, sodass es eine längere Zeit dauerte, bevor sie aufblickte. Sie sah noch, wie sich ihr direkter Vorgesetzter, der feine Herr Gruppenleiter entfernte, ohne sich umzudrehen, und sich benahm, als ob nichts geschehen wäre. Nach einigen Augenblicken erhob sie sich und eilte dem Mann mit raschen Schritten hinterher. Sie tippte ihm kräftig auf die Schulter und als dieser sich umdrehte, schlug sie mitten in das höhnisch grinsende Gesicht.

Dabei traf sie voll die Nase, welche umgehend stark zu bluten anfing.

Dem knackenden Geräusch nach, hatte sie ihm das Nasenbein gebrochen.

Der Kerl begann sofort vor Schmerz zu schreien, seine Nase blutete heftig, und er beschuldigte sie, ihn völlig zu Unrecht geschlagen zu haben. Der Abteilungsleiter, durch Kollegen herbeigerufen, stand ratlos daneben. Der Angegriffene log ungeniert, dass er nichts getan, sie nicht berührt hätte und überhaupt ...

Aber zu dessen Pech gab es einen Zeugen. Gerade als der Chef ihm Glauben schenken wollte, näherte sich ein älterer Mitarbeiter und bat ums Wort.

»Er lügt! Von meinem Programmierplatz aus, sah ich es genau! Herr Meier schlich sich leise an und griff Frau

Liehl blitzschnell von hinten in die Bluse und entfernte sich eilig, betont harmlos dreinsehend. Ich kann das jederzeit bezeugen!«

Woraufhin der Chef umgehend entschied:

»Frau Dr. Liehl, Herr Meier, bitte kommen Sie beide mit ins Personalbüro!«

*

Herrn Meier wurde umgehend fristlos gekündigt. Mit ihr einigte man sich mit auf eine Kündigung in gegenseitigem Einvernehmen und einer großzügigen Abfindung. Zudem erhielt Sie ein ausgezeichnetes Zeugnis.

Was nichts half, denn wo immer sie vorsprach, setzte sich die zukünftige Personalabteilung, natürlich nicht offiziell, mit ihrem vorherigen Arbeitgeber in Verbindung. Nein danke, auch wenn man ihr dies nicht sagte, aber eine derart schlagkräftige Mitarbeiterin wollte niemand einstellen.

Die Stelle ist leider bereits besetzt, überqualifiziert, und was man sich noch so einfallen lassen ließ.

Frustriert gab sie auf.

Ihr Blick fiel auf eine Stellenanzeige in ihrer Tageszeitung.

»Dreisternehotel sucht eine Empfangsdame. Sicheres Auftreten und Kenntnisse in Englisch erwünscht. Bereitschaft zur Schichtarbeit. Quereinsteiger willkommen, sorgfältige Einarbeitung wird geboten. Des Weiteren bieten wir ...«

Warum nicht? Einmal was anderes. Über den Vorfall mit dem Dreckskerl würde mit der Zeit Gras wachsen. Außerdem, statt mit Rechnern, trockenen Zahlen und Diagrammen, Überstunden bis tief in die Nacht, schien ihr der bisher eingeschränkte Umgang mit Menschen, zumindest vorübergehend, sicherlich vielseitiger und abwechslungsreicher.

Kurz entschlossen griff sie zum Telefon.

*

Zwei Tage später betrat sie die Empfangshalle des Hotels, welches ihr zukünftiger Arbeitsplatz werden sollte. Selbstsicher schritt sie zur Rezeption.

Die Empfangsdame begrüßte sie ausgesprochen freundlich.

»Guten Tag, was kann ich für Sie tun?«

»Mein Name ist Andrea Liehl, ich bin mit Herrn Gunter Berger zu einem Vorstellungsgespräch verabredet.«

»Bitte nehmen Sie dort drüben für ein paar Minuten Platz. Ich benachrichtige sofort den Hotelier!«

Die Empfangsdame zeigte auf eine in der Nähe stehende Sesselgruppe.

Sie setzte sich und sah sich gründlich um. Ein geschmackvoll eingerichteter Raum, nicht zu überladen, ansprechend gestaltet, dabei einen vornehm gediegenen Eindruck vermittelnd.

In dieser Umgebung würde sie sich sicherlich wohlfühlen. Zu längeren Betrachtungen kam sie nicht.

Ein Mittfünfziger, grau meliert, einen dunklen Anzug mit dazu passender Krawatte tragend, geschätzte einen Meter achtzig groß, stand vor ihr.

»Frau Liehl? Ich heiße Gunter Berger und bin der Hotelier.«

Schnell erhob sie sich und reichte ihm die Hand. Dabei stellte sie fest, dass sie ihm, zumindest was die Größe anbetraf, ebenbürtig war. Aber ansonsten ...?

Ihr zukünftiger Arbeitgeber strahlte eine beruhigende Gelassenheit aus, wie über den Widrigkeiten des Lebens stehend.

Der Mann beeindruckte sie vom ersten Moment an. Das war keiner der stets hektisch agierenden, häufig cholerisch auftretenden Chefs.

»Bitte kommen Sie in mein Büro.« Er schritt voran und hielt ihr, dort angekommen, höfflich die Tür auf.

Sie schaute in ein geräumiges Zimmer mit einem Schreibtisch zur Linken und mit einer um einen runden Tisch angeordneten Sitzgruppe.

Er wies auf einen der Stühle und forderte sie zum Platz nehmen auf.

Als sie saß, setzte er sich ihr gegenüber und betrachtete sie wohlwollend.

»Ihre Bewerbung hat mich angesprochen. Selbstverständlich informierte ich mich bei ihrem bisherigen Arbeitgeber. Die Personalabteilung war des Lobes voll, meinte aber auch, dass nach dem bedauerlichen Vorfall Ihnen eine weitere Beschäftigung in dieser Umgebung nicht mehr zuzumuten sei. Früher oder später würde man sie schneiden oder mobben. Hier können Sie ihre Vergangenheit vergessen und etwas Neues anfangen. Wenn Sie einverstanden sind, gebe ich Ihnen gleich den Vertrag mit. Lesen Sie ihn in aller Ruhe durch. Wenn Sie annehmen, erfolgt eine zweiwöchige Einweisung in sämtlichen Bereichen des Hauses mit Ausnahme der Bar. Diese befindet sich zwar in unseren Räumen, wird aber von einer externen Gesellschaft geführt, welche auf Bars spezialisiert ist. Heben sie noch Fragen?«

»Ja. Kann ich bitte den Vertrag gleich hier durchlesen? Vermutlich gelangen wir dann umgehend zu einem Abschluss. Ginge das?«

»Gerne. Bleiben Sie sitzen, ich lasse Kaffee und belegte Brote kommen. Haben Sie diesbezüglich einen besonderen Wunsch?«

»Nein danke! Alles bestens!«

»Gut. Nehmen Sie sich Zeit! Bis nachher!«

Der Hotelier erhob sich und ging. Keine zwei Minuten später kam eine nette Servierdame und brachte ein Tablett mit einer Kanne Kaffee und mehreren belegten Brötchen. Lecker!

Konzentriert las sie den Vertrag durch. Herr Berger ahnte sicherlich kaum, dass sie im Schnelllesen geübt war. Nach kurzer Zeit war sie fertig und unterzeichnete.

›Geschafft!‹ war ihr erster Gedanke. Ihr Zweiter:

›Die Zukunft würde neu beginnen.‹

*

›Chez Charlie‹

Die Tür mit der Leuchtreklame entdeckte man erst aus der Nähe.

Früher stellte sie einen Nebeneingang des Hotels dar, welche neuerdings direkt zur Bar führte, ohne dass man diese über den offiziellen Eingang betreten musste.

Selbstverständlich konnten Hotelgäste ›Chez Charlie‹, übrigens eine ausgezeichnete Bar mit einer ansehnlichen Getränkeauswahl, auch von den Gasträumen aus zu erreichen.

Viele Barbesucher zogen jedoch den unauffälligen Direkteingang vor.

So auch Robert Davies. Außer seinem Namen wusste man nichts von ihm. An Geld schien es ihm nicht zu mangeln. Der Tresen, über zehn Meter lang, bog an einem Ende rechtwinklig ab, gerade vier Sitzplätze bietend. Die zwei Letzten blieben stets für ihn reserviert, gleichgültig ob anwesend oder nicht. Den Verdienstausfall für die Bar deckte eine großzügige Wochenpauschale ab. Selbst wenn der Raum übervoll war, gegenüber der Theke stand noch eine Tischreihe, ließen die Kellner keine Ausnahme zu.

War der besondere Gast zugegen, saß der auf dem hintersten Platz in der Ecke. Der zweite Barhocker, rechts neben ihm, blieb stets unbesetzt. Fragen anderer Gäste, ob dieser Sitzgelegenheit noch frei wäre, beschied man zu deren Missvergnügen ausnahmslos abschlägig. Einigemale hatten Unbelehrbare versucht, die Sitze gewaltsam zu erobern, das ›Reserviert‹ Schild bewusst ignorierend. Umgehend schritten die Barkeeper ein. Einmal kamen sie um Sekunden zu spät. Einer griff ohne Vorwarnung nach

Davies, welcher mit einem blitzartigen Handkantenschlag den Angreifer vom Stuhl fegte. Gleichgültig, mit gelassener Stimme, wandte er an den nach Luft schnappenden am Boden Liegenden.

»Wenn Sie nicht lesen können,« er deutete auf das Reserviertschild, »sollten Sie es schnellstens lernen. Ist aber nicht meine Sache. Falls Sie mich aber noch einmal ohne Erlaubnis anfassen, beziehen Sie die Prügel ihres Lebens!«

Danach beachtete er ihn nicht mehr.

»Du dreckiges Schwein! Du hast mich überrascht! Jetzt zeige ich es Dir!«

»Fred, gib Ruhe!«, mahnte der Barkeeper. Aber Fred war dadurch erst recht auf Krawall aus. Er wollte keine Ruhe geben und begann seinen Feind lautstark zu beschimpfen. Davies zog erstaunt eine Augenbraue hoch und glitt vom Hocker, sich in zwei Meter Abstand Fred gegenüberstellend. Dieser stürmte siegesgewiss los. Gewand wich sein Gegner aus und stieß ihm den Daumen tief in die Niere. Woraufhin der zusammenknickte, ein paar Schritte weiter taumelte und letztendlich mit dem Kopf gegen die Wand krachte. Bewusstlos blieb Fred liegen.

Zwei Männer trugen ihn vorsichtig in ein Nebenzimmer. Der Barkeeper rief einen Krankenwagen herbei.

Die Bargäste warteten gespannt ab, wie es jetzt weitergehen sollte. Sie wurden nicht enttäuscht. Nach rund fünf Minuten betraten zwei Polizisten die Bar, sich an den Keeper wendend. Sie ließen sich von ihm den Vorfall schildern. Anschließend trat einer zu Davies, ihn in höflichem Ton fragend:

»Dürfte ich bitte ihren Ausweis sehen?«

Kommentarlos brachte er eine teure Ledertasche zum Vorschein, öffnete sie und reichte dem Beamten den Pass.

Dieser warf nur einen kurzen Blick darauf und grüßte respektvoll.

»Alles in Ordnung mein Herr! Bitte entschuldigen Sie die Störung!«

Eilig entfernte er sich, seinen Kollegen mit sich ziehend.

Vor dem Lokal hielt er an.

»Fred hat sich diesmal den Falschen ausgesucht! Der Mann besitzt einen Diplomatenpass!«

*

Joe, einer der Kellner, stand zufällig seitlich von dem Polizisten und sah den Pass. Leise pfiff er durch die Zähne. Er vermutete seit Langem, angesichts der straffen Haltung und dem selbstbewussten Auftreten ihres besonderen Gastes, dass dieser kein gewöhnlicher Mann war. Jetzt hatten sie die Bestätigung. Nachher musste er unauffällig seine Kollegen informieren. Herr Davies würde ab sofort noch stärker unter ihrem Schutz stehen!

*

Seit vier Wochen arbeitete sie Hotel und fühlte sich rundum wohl.

Zuweilen, nach Dienstschluss, ging sie zur Bar, noch ein Gläschen Wein trinken.

Doch heute ...

Offenbar gab es am gegenüberliegenden Raumende Schwierigkeiten. Sie bekam nicht viel mit, außer dass jemand weggetragen wurde. Da sie für diesen Bereich nicht zuständig war, wartete sie ruhig ab. Verblüfft beobachtete sie ein paar Minuten später das ungewöhnliche Verhalten der beiden Polizeibeamten.

Jetzt wurde sie neugierig. Gleich Morgen musste sie mit dem Chef der Bar sprechen. Als Empfangsdame des Hotels gab es für sie sicherlich keine Probleme.

Für einige Augenblicke verschwand der Raum vor ihren Augen.

Sie stand ... wo? ... grelles Licht ... woher? Ein Bersten und Krachen ... sie taumelte ... Schwärze, rabenschwarze Schwärze.

Benommen schlug sie die Augen auf. Nichts hatte sich in der Bar verändert, niemandem war etwas aufgefallen.

Sie winkte den Kellner herbei, zahlte und sah zu, dass sie nach Hause kam.

Elende Visionen!

*

»Wie bitte?«

Ungläubig wiederholte sie in Kurzfassung die Aussage von William, dem Chefbarkeeper.

»Er heißt Robert Davies, hat beide Plätze gegen gutes Geld gepachtet und im Übrigen weiß man nichts von ihm?«

William verschwieg dessen Diplomatenpass und erzählte:

»Er trinkt einige Cocktails, schaut still und traurig in die Gläser und spricht mit anderen Gästen kein Wort. Oft blickt er geistesabwesend durch alles hindurch und murmelt leise, völlig unverständlich, in einer unbekannten Sprache vor sich hin. Ab und zu schreibt er eine Seite eines DIN-A 4 Blockes mit kryptischen Formeln voll. Meist lässt er diese danach gleichgültig liegen. Wir sammelten sie und hoben sie auf.«

»Darf ich sie bitte einmal sehen?«, bat sie.

William lächelte nachsichtig. Was verstand eine Empfangsdame von Mathematik oder Physik? Trotzdem holte er die Papiere.

Ihre Augen wurden größer und größer. Totenblässe überzog ihr Gesicht. Sie vermochte kaum mehr zu atmen.

Diese Formeln! Sie kannte sie ... woher ...?

William beobachte erschrocken ihr Verhalten.

Minutenlang vertiefte sie sich in die Skizze.

Fahrig sah sie auf.

»Bitte, gib mir einen roten Stift!«

Als er sah, dass sie die Formeln teilweise korrigierte, Terme verschob oder abänderte und an mehreren Stellen, die Lücken aufwiesen, welche einsetzte, verzog er sich still.

›Wer ist Frau Liehl?‹ fragte er sich. ›Doch niemals eine einfache Hotelangestellte.‹ Nach kurzer Zeit kam sie ihm nach.

»Bitte William, wenn er wiederkommt, lege ihm das Blatt auf die Theke. Sage nur, dass ein Gast es gefunden hat. Mehr vorerst einmal nicht!«

Der sah sie fragend an:

»Was machten Sie, bevor sie als Empfangsdame arbeiteten?«

Doch Andrea lächelte nur.

*

Visionen, Albträume ...

Formelbruchstücke, welche ihm stets entglitten, er war ... wer?

Nur eines fühlte er genau: dies konnte nicht seine Welt sein!

Noch seine Zeit ... denn er kannte Dinge, die niemandem geläufig waren. Woher ...?

Schnell durchschaute er die hiesigen Spielregeln.

Reichtum erwerben? Kein Problem. Damit ließ sich vieles erreichen.

Ärmere Länder brauchten auch Geld, na und? Einbürgerung, ein offizieller Wohnsitz, Bekannte in den höchsten Kreisen, Bestechungsgelder und er hatte, was er wollte: Einen Diplomatenpass.

Dieser ermöglichte ihm erhebliche Freiheiten.

Sein Reichtum wuchs laufend von selbst.

Süddeutschland ...

16

Ein einfaches physikalisches Labor, na ja, klein war es nicht, ging in Konkurs. Laborräume, Werkstätten, Testgelände, Konferenzzimmer, Kantine mit Speisesaal für bis zu fünfzig Personen, eine eigene Notstromversorgung und was so alles erforderlich war.

Nicht zu vergessen ein Schutz- und Wachdienst mit zusätzlichem Fahrservice. Den nutzte er nahezu jeden Abend. Zu ›Chez Charlie‹.

Wohngebäude für Personal und ... und ...

Externe Services für Essen, Reinigung, Wäsche usw.

Im Prinzip musste er sich um nichts kümmern.

Genau was er benötigte, um das Rätsel seiner Herkunft zu lösen.

Dachte er.

Anfangs schien es unmöglich, geeignete Mitarbeiter zu bekommen! Nicht einen Einzigen!

Also sprach er, dank seines Diplomatenstatus kein Problem, in den weltweit größten Einrichtungen für Kernphysik mit Teilchenbeschleunigern vor. Nichts, absolut nichts!

Nur zu deutlich fühlte er, dass man ihn für einen Fantasten hielt.

Nach vielen Cocktails bei ›Chez Charlie‹ rang er sich zu der Erkenntnis durch, dass diese Welt, allein von den theoretischen Grundlagen her, für sein Vorhaben um Jahrhunderte zurücklag.

Das Labor nützte im derzeit gar nichts!

Es gab nur eines: Die weltweit besten und schnellsten auf dem Markt erhältlichen Computer kaufen und sie hier aufzustellen.

Wie lauteten doch gleich die Gleichungen, welche die Gravitation beschrieben?

Mist, ihm fielen nur Bruchstücke ein. Übrigens, woher kannte er diese überhaupt?

Beim dritten Mai Tai kam ihm eine Idee.

Wie wenn es bereits alles gegeben hatte, er einzig und allein nur gründlich danach suchen musste?

Am nächsten Tag ließ er sich bei einer angesehenen Anwaltskanzlei melden. Woraufhin diese ihrerseits weitere Fachleute hinzuzog.

Vier Wochen später gründete er die ›Private Ancient Research Company‹, in Kurzform PARC genannt.

*

Rund zwanzig neue Mitarbeiter sahen ihn gespannt an. In einem Vortragsraum trat er hinter das Stehpult.

»Meine Damen und Herren. Sie werden sich seit einiger Zeit gefragt haben, warum Sie hier sind. Ganz einfach: Sie sind junge Archäologen ohne Anstellung und kaum Erfahrung. Das Wesentliche dabei ist, dass sie geistig frei sind und somit ohne Vorurteile neue Aufgaben wahrnehmen können. Sie sind nicht darauf angewiesen, einem verknöcherten Vorgesetzten und dessen festgefahrener Lehrmeinung nach dem Mund reden zu müssen, um auch weiterhin arbeiten zu dürfen. Sie lassen sich, je nach ihren Interessen zu einem neuen Thema einteilen und sind reisefreudig. Selbstverständlich von unserer Reise- und Ausrüstungsabteilung voll unterstützt. Bei Problemen mit Genehmigungen oder Ähnlichem kommt sofort ein Fachmann zu Ihnen. Dolmetscher? Sagen Sie einfach, was Sie benötigen.«

Für einen Moment hielt er inne.

»Ihre kommende Tätigkeit lässt sich unter dem Oberbegriff Prä-Astronautik am besten beschreiben. Anhand einiger Beispiele umreiße ich grob die Aufgaben. Erstens: Mohenjo Daro, Mahabharata, Sodom und Gomorrha. Suchen Sie sich einen Fachmann für radioaktive Strahlung, der mit seiner Ausrüstung jeweils ein Spektrum erstellen kann, mit denen wir die angeblich noch vorhandenen Reststrahlungen vergleichen können. Zweitens: Oak Island. Versuchen Sie Unterlagen und Beschreibungen, vor allem Fotos zu bekommen, was inzwischen getan wurde, um den unbekannten Inhalt zu bergen. Die Insel soll im Rechner virtuell neu entstehen! Wenn es trotz all der bisherigen Pfuscherei noch eine hauchdünne Chance auf Erfolg gibt, kaufen wir, sofern möglich, das Gelände auf und suchen uns eine geeignete Tiefbaufirma. Kosten spielen keine Rolle! Nur das Ergebnis zählt! Drittens: Sowohl unter dem Tempel des Quetzalcoatl als auch in Teotihuacan wurden angeblich mit Glimmer ausgekleidete Räume mit Resten von flüssigem Quecksilber gefunden. Mutmaßlich gibt es von der Wüste Gobi bis nach Südamerika noch weitere dieser Räumlichkeiten. Aufsuchen, vermessen und klären, wenn was dran ist, wie der Übergang Wand-Boden beschaffen ist, sodass das Quecksilber nicht ausfließt oder verdunstet. Zusatzfrage: Gibt es in der Nähe der Kammern Hinweise auf fernere derartige Orte? Lässt sich ein Muster hinsichtlich der Lage erkennen? Vimanas: Dokumente und Beschreibungen derselben, genauso wie die der in den Veden beschriebenen fliegenden Städte Indiens. Anhaltspunkte in Bezug auf Treibstoff und Formeln suchen. Sie sehen, lauter Themen mit sich die althergebrachten Forscher nicht befassen, aus Angst, dabei ihre Finger zu verbrennen! Denken Sie stets daran, es gibt keine Tabus! Ich danke Ihnen!«

*

Alles in allem zeigten die Forschungen erste interessante Ergebnisse. Beispielsweise unterschied sich Strahlung Industal von der in Palästina. Beide wiesen wiederum starke Abweichungen gegenüber modernen atomaren Strahlungen auf.

Auch die Sache mit dem Quecksilber ergab ein zusammenhängendes Muster, fast einem Tankstellennetz gleichend. In mehreren Laborräumen mit höchsten Schutzmaßnahmen, wer wollte eine Vergiftung riskieren, versuchten sie weitere signifikante Eigenschaften zu entdecken.

Grundlos bunkerte niemand derartige Mengen dieses bei Raumtemperatur flüssigen Metalls. Und schon gar nicht weltweit.

Mit Schwefel verband es sich, Goldstaub wurde eingehüllt. Was bei den Goldwäschern zu katastrophalen

Umweltvergiftungen führte. Also brachten sie in einer Versuchsreihe sämtliche bekannten Elemente, einzeln oder mit anderen, mit Quecksilber in Verbindung. Messreihen um Messreihen entstanden. Erste bisher unnormale Abweichungen traten auf. Sehr interessant! Auch Oak Island machte Fortschritte ...

*

Der Fahrer des Sicherheitsdienstes brachte ihn vor die Tür von ›Chez Charlie‹.

Keinesfalls wollte er Fred begegnen. Auf Schlägereien verspürte er heute keine Lust. Leider sah Fred das anders. Der erwartete ihn bereits, direkt neben dem reservierten Barhocker sitzend, ihn hasserfüllt und höhnisch zugleich ansehend. Ein Hüne von einem Mann, den Schläger sah man ihm schon von weitem an, walzte heran, die herbeieilenden Barkeeper wie lästige Fliegen abstreifend. Als dieser sich auf den freigehaltenen Platz setzen wollte, saß er beinahe auf dem Boden. Davies zog ihm einfach den Hocker weg. Gerade noch, dass sich der Mann an der Theke festhalten konnte. Davies holte unerwartet kurz aus und knallte dessen Kopf auf den Tresen. Langsam kam der Raufbold wieder auf die Beine, aus Mund und Nase blutend. Einige seiner Zähne lagen auf der Bar. Jetzt sah er endgültig rot und ging vorsichtig, dennoch unaufhaltsam, auf Davies los. Er würde den Kerl umbringen! Doch dieser glitt gewandt zur Seite, und stieß ihm Zeige- und Mittelfinger in die Nieren, worauf hin der Angreifer abrupt stoppte.

Ein Schlag ins Genick, und der Schläger lag anschließend friedlich schlummernd am Boden.

Fred witterte seine Chance und griff seinerseits an. Eine Sekunde später war er, nach einem überraschenden Faustschlag gegen das Kinn, ebenfalls um ein paar Zähne ärmer.

Energisch schritten die Barkeeper ein und beförderten beide nach draußen, nicht ohne vorher ein Lokalverbot auszusprechen.

Davies saß längst wieder auf seinem Platz, bedächtig einen ›Zombie‹ schlürfend, gerade so, als ob nichts geschehen sei.

Eines war sicher: Die beiden würden es nicht noch einmal versuchen!

Kurz darauf sah er betrübt in sein leeres Glas. Jetzt half nur noch ein extrem gehaltvoller Cocktail, nämlich ...

An Joey, den Chef der Bar, gewandt:

»Bitte einen Graveyard! Danke!«

Aufwändig zu mixen, aber mit durchschlagender Wirkung! Das Rezept? Eine Mischung aus Triple Sec, Light Rum, Wodka, Gin, Tequila, Bourbon, Scotch, und obergärigem Bier, in einem Bierglas zubereitet. Nichts für Anfänger oder Weicheier!

Zwei Minuten später stand das Glas vor ihm.

Beim Greifen danach geriet ein DIN-A 4 großes Papier, leicht zerknittert, in sein Blickfeld. Der Barkeeper hatte es ihm zugeschoben. Ein kurzer Blick darauf und ihm fielen fast die Augen aus dem Kopf. Für einen Moment bekam er keine Luft, sein Herz schlug rasend schnell und sein Atem ging nur mühsam.

Die Formel!

So einfach wie aus dem Himmel gefallen. Ein tiefer Zug aus dem Glas, er verschluckte sich dabei und musste daraufhin fürchterlich husten. Tränen stiegen ihm in die Augen und er vermochte einen Augenblick lang nicht, die Zeichen klar zu erkennen. Zehn Herzschläge später fing er sich wieder. Die Formel, die lang gesuchte Formel!

Nur ein einer Stelle blieb noch eine kleine Lücke. Er erinnerte sich, na ja, nicht so richtig. Aber der fehlende Teil stand unversehens klar vor seinem inneren Auge. Ruhig, gefasst, trug er den letzten Term ein.

Das Blatt Papier ...?

Sein vor kurzem hingekritzelter Entwurf! Die blaue Kugelschreiberschrift war mit roten Markierungen ergänzt bzw. einige Teile der Formel in anderer Reihenfolge angeordnet.

Sein Herz klopfte heftig.

Wer? Wer hatte sie derart genial erweitert? Wortlos setzte Joey ihm ein frisches Glas Graveyard auf dem Tresen. In einem Zug kippte er den Inhalt hinunter.

Ah, das tat gut. Langsam sah er hoch, blickte Joey fragend an.«

»Woher? Wer füllte das aus?!«

Unsere Empfangsdame! Nach dem Zwischenfall mit Fred hat sie sich nach Ihnen erkundigt und wir sagten ihr, dass sie ab und zu Formeln auf Papier zeichnen. Sie fragte, ob wir so eine Zeichnung aufgehoben hätten. Wir sammelten bisher alle ihre Unterlagen, zeigten sie aber niemandem. Die Dame wurde beim Anblick der Skizze total aufgeregt und nahm sie mit, bevor wir Einspruch erheben konnten. Am folgenden Tag brachte sie ihre Formel, mit roter Tinte ergänzt, ausgefüllt zurück. Sie bat uns, sie Ihnen wieder auszuhändigen.«

Davis sah völlig verblüfft drein. Die Empfangsdame? Das schien äußerst unglaubwürdig! Woher sollte sie auch eine Ahnung von höherer Mathematik und Physik besitzen. Und an Joey gewandt:

»Wenn sie dienstfrei hat, möchte ich sie gerne sprechen. Geht das?«

»Selbstverständlich. Im Moment ist sie ebenfalls Gast in unserer Bar und sitzt Ihnen schräg gegenüber.«

Diskret wies er mit einer kaum merklichen Handbewegung auf eine jüngere, elegante Dame. Diese hatte ihn beobachtet und lächelte ihm einladend zu.

Wirklich, eine sehr hübsche, äußerst attraktive Frau.

»Joey, bitte die Dame zu mir!«

Aber dies war nicht mehr notwendig. Offenbar hatte sie bemerkt, dass er sie sprechen wollte, glitt von ihrem Barhocker und kam auf ihn zu.

Einladend wies er auf den reservierten Platz neben sich. Die Dame setzte sich und er wandte sich zuerst an den Barkeeper.

»Bitte ein Getränk nach Wunsch der Dame. Danke!«

Und an die junge Frau gewandt:

»Gestatten Sie, dass ich mich vorstelle. Mein Name ist Robert Davies, Leiter einer kleinen Forschungseinrichtung ganz in der Nähe. Darf ich fragen, wer sie sind?«

»Mein Name ist Andrea Liehl und ich beschäftigte mich früher mit Mathematik. Wenn es Ihnen nichts ausmacht, sollten wir unser Gespräch, sofern es ihr Papier und dessen Thema betrifft, an einem anderen Ort fortsetzen. Hier hat man ja doch keine Ruhe, aber wenn Sie möchten, können wir uns gerne noch ein wenig unterhalten. Allerdings,« sie sah auf ihre Uhr, »verbleiben nur noch zwanzig Minuten Zeit bis zu meiner Nachtschicht.«

Sie hob ihr Glas, ein alkoholfreier Cocktail, und meinte lächelnd:

»Auf den Beginn einer wunderbaren Freundschaft.« Sieh an, das allgemein bekannte Zitat aus Casablanca. Die Dame besaß Humor.

Er konnte nur stumm nicken.

Seiner Brieftasche entnahm er eine kostbar aussehende Visitenkarte und reichte sie ihr.

»Diese Karte dient gleichzeitig als Ausweis, welcher Sie berechtigt, jederzeit das Firmengelände zu betreten.«

Ausführlich betrachtete sie die Karte. Vermutlich aus ganz speziellem Kunststoff hergestellt, Oberfläche metallisiert und garantiert mit einem elektronisch lesbaren Chip versehen. Goldene Schrift auf dunkelblauem Hintergrund. Alle Achtung, geschmackvoll und gediegen aussehend.

»Private Ancient Research Company«, las sie leise vor sich hinsprechend.

Schau an, von diesem Institut hatte sie bereits gehört. Eine angeblich rein private Elitegruppe mit Forschern verschiedener Fachbereiche, dabei finanziell großzügig ausgestattet.

Von ernsthaften Wissenschaftlern hingegen abwertend als Phantasten und Spinner bezeichnet. Aber da sie selbst ebenfalls als überaus couragierte Mitarbeiterin bei Personalchefs nicht mehr den besten Ruf besaß, sprach nichts gegen einen Besuch in dem Betrieb.

Wenn sie bedachte, dass Herr Davies, außer ihr, sicherlich der einzige Mensch war, der diese komplexe Formel im Prinzip kannte, steckte hinter der Ancient Research Company garantiert mehr, als in den selbsternannten ›Fachkreisen‹ bekannt war.

Fest sah sie ihr Gegenüber an, ihr Glas erhebend:

»Auf ihr Wohl, Herr Davies! Wann kann ich vorbeikommen?«

Dieser lächelte fein.

»Wann immer Sie wünschen, aber bitte, bringen Sie ausreichend Zeit mit. Dafür keine Bewerbungsunterlagen, Zeugnisse und Ähnliches.«

Er hob das Papier mit der Formel leicht an:

»Dies hier ist mehr als aussagekräftig! Eine bessere Empfehlung gibt es nicht!«

Der Hotelier würde nicht erfreut sein, wenn sie ihn so kurzfristig wieder verlassen würde‹, dachte sie im Stillen. Ein Wiedereinstieg in ihren erlernten Beruf hielt sie jedoch auf jeden Fall für besser, als den mitunter recht langweiligen Dienst an der Rezeption noch für eine längere Zeit weiterzuführen. Herr Davies schwieg und wartete ab. Ihm war klar, dass das indirekt angedeutete Angebot, nämlich demnächst für ihn zu arbeiten, durchaus gründlich überlegt sein musste.

Sie sah auf ihre Uhr.

»Danke Herr Davies. Leider muss ich in wenigen Minuten meinen Dienst antreten. In fünf Tagen habe ich einen freien Tag. Ist es Ihnen recht, wenn ich dann so gegen elf Uhr vorbeikomme?«

Fragend sah sie ihn an.

Herr Davies erhob sich und reichte ihr die Hand:

»Selbstverständlich, Frau Liehl! Bis dann! Ich freue mich!«

*

Ihre Augen weiteten sich entzückt. Nachdem sie von der Bundesstraße abbog, ging es auf einer gut ausgebauten Straße auf ein höchstens einhundertfünfzig Meter breites Tal zu. Als sie die Engstelle erreichte, führte der Weg zwischen hohen Tannen neben einem glitzernden Bach in engen Kurven bergan. Schon dachte sie, dass sie sich verfahren hätte, in den Hochschwarzwald wollte sie nicht.

Zu ihrer Überraschung öffnete sich, oben angekommen, ein sonnendurchflutetes, wunderschönes, unerwartet großflächiges Hochtal.

Was für eine zauberhafte Landschaft! Überwiegend Wiesen, kaum Ackerland. Überall verstreut standen stattliche Bauernhöfe.

Kühe, Schafe und Ziegen, wohin sie sah. Vor ihr lag ein kleines Dorf.

Ein Blick auf das Navi. Das Ziel befand sich hinter der Ortschaft.

Wenige Minuten später zeigte sich ein sofort als Industrieanlage zu erkennender Gebäudekomplex vor ihr.

Überraschend ausgedehnt, bis an den Berghang heranreichend.

Langsam, alles genau betrachtend, fuhr sie darauf zu.

*

-- ›PARC‹ --

Ein unauffälliges Schild an einer Säule neben dem geöffneten, schmiedeeisernen Eingangstor.

Das Gelände war von einer geschätzt drei Meter hohen Ligusterhecke umgeben. Nicht besonders einladend wirkend.

Trotzdem ließ sie sich vom äußeren Eindruck her nicht abschrecken.

Langsam fuhr sie durch das Tor, nur um festzustellen, dass eine weitere Hecke ihr die Sicht nahm. Allerdings führte der Fahrweg an beiden Seiten an dem Gesträuch vorbei. Sie entschied sich für rechts, und machte gleich darauf große Augen.

Vor ihr lag ein unvermutet großräumiges Gelände, von einem Drahtzaun umgeben. Der Weg hielt direkt auf den Zaun zu. Ein Schlagbaum mit einem kleinen Wachhäuschen versperrte die Zufahrt.

Sie stoppte kurz vor dem Hindernis an und überlegte. Umgehend trat ein unschwer als Wache zu erkennender Mann an ihr Auto heran. Ehe dieser sie ansprechen konnte, zeigte sie die Visitenkarte von Herrn Davies vor.

Der Mann grüßte höflich, ein kurzer Wink in Richtung Wachhaus und der Schlagbaum hob sich.

»Bitte fahren Sie zu dem Rechten der zwei vor ihnen liegenden Gebäude. Dort befinden sich die Besucherparkplätze sowie der Eingang zum Empfang!«

Grüßend trat der Mann zurück.

Im Weiterfahren erkannte sie mehrere Nebengebäude und kleine, wie Bungalows aussehende Häuschen.

Alle Achtung, so ausgedehnt hatte sie sich die Anlage nicht vorgestellt.

Vermutlich stand ihr so einiges an Überraschungen bevor.

Kaum hatte sie das Auto eingeparkt, schritt bereits Herr Davies auf sie zu.

»Herzlich willkommen Frau Liehl! Es freut mich sehr, dass sie so kurzfristig kamen. Gestatten Sie, dass ich sie ein wenig herum führe?«

Für einen Augenblick sah er kurz auf seine Armbanduhr.

»Oh, ich sehe, es ist schon fast zwölf Uhr. Zeit zum Mittagessen. Darf ich davon ausgehen dass sie noch nicht gegessen haben und sie in unser Kasino einladen? Wir besitzen eine eigene Küche, alles wird stets frisch zubereitet, von null Uhr bis vierundzwanzig Uhr geöffnet.«

Fragend sah er sie an. Sie nickte zustimmend. Ein kleines Elektrofahrzeug, ähnlich einem ›ClubCar‹, wie auf den Golfplätzen allgemein üblich, glitt heran.

»Bitte nehmen Sie Platz Frau Liehl.«

Verblüfft setzte sie sich und stelle verwundert fest, dass das Fahrzeug kein sichtbares Lenkrad enthielt. Auf ihren fragenden Blick erklärte Herr Davies:

»Das ClubCar wird über Spracheingabe dirigiert. Im Boden sind Leitkabel, an denen sich die automatischen

Steuerungen orientieren. Es genügt, laut das Ziel zu nennen.«

In Richtung Konsole gerichtet sprach er: »Zum Kasino!«

Leise summend rollte das Wägelchen los. Wenige Minuten später gelangten sie an ihr Ziel. Die Fahrt verlief recht schweigsam, unterdessen sie sich aufmerksam umsah. Weich, ruckfrei, kam das ClubCar zum Stehen.

Beide stiegen aus und schritten nebeneinander eine breite Treppe hoch zum Eingang. Die Glastüren öffneten sich lautlos.

Ein heller, großzügig bemessener Raum mit Tischen verschiedener Größe.

Herr Davis führte sie zu einem seitlich stehenden Zweiertisch.

Das Schild kannte sie bereits: ›Reserviert‹.

Eine Bedienung kam herbei und reichte ihnen die Speisekarten.

Anscheinend war das Essen kostenlos, denn Preise waren auf der Karte nicht eingetragen.

Immerhin, die Auswahl wirkte beeindruckend.

Sie bestellten und Andrea sprach ihren Gastgeber an.

»Herr Davies, das hier ist wunderbar! Ich ...«

Lächelnd unterbrach er sie: »Bitte entschuldigen Sie die Unterbrechung. Wir nehmen die amerikanische Form des ›Du‹: Vorname und Sie-Form. Meinen Namen kennen Sie ja, trotzdem, ich heiße Robert.«

»Einverstanden!«

Das Essen kam und er erzählte nebenher:

»Des Weiteren gibt es kaum Rangunterschiede wie Gruppenoder Abteilungsleiter. Nur themenbezogene Teams, welche sich selbst organisieren und in regem Austausch untereinander stehen. Ergebnisse, Fragen Anregungen, Texte, Bilder Dokumente, Vermutungen, Ideen, was auch immer innerhalb einem Bereich anfällt, wird umgehend auf den Zentralrechner gelegt. Mehrere nserer Mitarbeiter sind reine Programmierer. Sie versuchen, den Rechner dazu zu bringen, dass er Korrelationen und verborgene Strukturen erkennt und dies den betreffenden Teams mitteilt. Die Software soll sich stetig weiter in Richtung künstliche Intelligenz Entwickeln.«

Und nach einer kurzen Pause, in der sie die erhaltenen Informationen verarbeitete, fuhr er fort:

»Was das Gehalt anbetrifft, es liegt bei jedem mehr als doppelt so hoch wie das in einer vergleichbaren ›normalen‹ Anstellung! Anfangs ist die Höhe erst einmal abhängig von der Ausbildung. Später kommen dann Zuschläge entsprechend den Fähigkeiten und des Einsatzes hinzu.«

Inzwischen langten sie beim Nachtisch an.

»Wenn Sie einverstanden sind, stelle ich Sie jetzt den einzelnen Teams vor. Danach dürfen Sie fragen was und wie viel Sie möchten. Gerne auch weitere Tage, ja?«

Sie nickte zustimmend.

*

Sie musste sich sehr zusammennehmen, um ihren Dienst an der Rezeption einigermaßen korrekt auszuführen. Laufend schweiften ihre Gedanken ab.

Der gestrige Tag ...

Flächenmäßig großzügige Büro- und Werkstatträume mit einer Ausstattung vom Feinsten!

Und erst die Rechnerzentrale! Das Beste und Neueste was es auf dem Markt zu kaufen gab, mit einer unglaublichen Rechenpower und praktisch grenzenlosen Datenspeichern. Firewalls und Antivirenprogramme allererster Sahne.

Dann, die Teams erst ...

Was immer sie auch fragte, sie bekam jede gewünschte Auskunft. Alle Frauen und Männer waren noch verhältnismäßig jung, aufgeschlossen und mit Begeisterung an der Arbeit.

Konzentriert an Bildschirmen tätig oder in Gruppen in zwangloser Form diskutierend.

Robert tauchte nach vier Stunden wieder auf.

»Pause, Andrea! Nicht zu viel auf einmal!«

Was hieß, dass sie gleich darauf im ClubCar - wie viele gab es eigentlich auf dem Gelände? - unterwegs waren.

Im Kasino herrschte zu dieser Zeit wenig Betrieb, sodass sie neben ihrem Essen - sie entschied sich für einen Vesperteller - sich mit Herrn Davies ungestört unterhalten konnte.

»Sie haben bei ›Chez Charlie‹ eine teilweise unvollständige Formel aufgeschrieben, welche ich ergänzt habe. Sie wissen, um was es geht?«

Er ging nur indirekt auf ihre Frage ein.

»Ja! Aber viel wichtiger war für mich die Frage: Wer kennt eine derartig diffizile Formel? Eine einfache Hotelangestellte unter Garantie nicht, stimmt's, ›Frau Dr. Andrea Liehl‹?«

Sie lächelte zustimmend.

»Anscheinend sprachen Sie mit Herrn Berger!« Einige Herzschläge lang schwiegen beide, sich intensiv ihrem Essen zuwendend.

»Wo ist die Formel jetzt, Robert, und was geschieht weiter mit ihr?«

Forschend sah sie ihm in die Augen. Nur kurz zögerte er, danach auf ein abseits am Berg stehendes Gebäude zeigend.

»Dort arbeiten hochqualifizierte Mathematiker, Ingenieure und Physiker. Mit einem eigenen Rechenzentrum. Laborwerkstätten fertigen hoffentlich demnächst Labormuster und Prototypen an, basierend auf den Grundlagen der Formel. Bisher kann niemand auf dieser Welt die Gravitation nach Richtung oder Größe ändern. Künstliche Schwerelosigkeit oder Schwerkraft sowie Andruckabsorber, damit ergäben sich unzählige Möglichkeiten und Anwendungen! Des Weiteren könnte ich endlich ... «

Über sich selbst erschrocken brach er ab.

›Schau an,‹ dachte sie, ›der gute Herr Davies hat also einen konkreten Anwendungsfall im Auge. Mit anderen Worten: Er war persönlich daran interessiert!‹

»Wir nehmen uns ein ClubCar und fahren jetzt anschließend dort hin!«

*

33

Die Entfernung zu dem Gebäude war größer als gedacht. Das Wägelchen rollte seitlich an ihm vorbei und hielt auf ein unscheinbares, kleines Nebengebäude mit einem breiten Tor zu.

Die Torflügel glitten zur Seite.

Vor ihnen lag ein Tunneleingang!

Unbeirrt fuhren sie weiter. Nach geschätzten zweihundert Metern erreichten sie einen Raum, gut fünfzehn auf fünfzehn Meter im Quadrat. Ein Empfangs- und Wachraum. Eine halbrunde Theke und soweit erkennbar, mehrere Bildterminals. Vor diesen saßen eine Frau und ein Mann, welche höflich grüßten.

Dann wurde ihre Aufmerksamkeit voll auf einen atemberaubenden Anblick gelenkt.

Vor ihnen erstreckte sich ein rund zehn Meter breites, halbrundes Fenster. Das ClubCar hielt an. Hinter dem Fenster lag ein Höhlendom! Unter ihnen, sie konnte es nicht so richtig erfassen, waren mindestens zwei Dutzend aneinander gereihte, gläserne Arbeitsräume.

Der Boden, auf dem sie standen, bestand aus Laufgittern und darüber verliefen silbrig glänzende Rohre.

»Alles voll klimatisiert! Die meisten Container besitzen einen Fußboden, einige nicht. Diese sind als Reinräume ausgelegt. Staub und Schmutz werden nach unten abgesaugt. Von oben strömt langsame, gefilterte und absolut reine Luft nach!«

In der Mitte stand ein rechteckiges Gebäude. Mit einer goldbraun glänzenden Glas- oder Kunststoffschicht überzogen.

Herr Davies folgte ihrem Blick.

»Das Zentrum! Grundfläche zwanzig auf fünfzig Meter, Höhe dreißig Meter! Dorthin fahren wir jetzt.« Ein Knopfdruck, keine Spracheingabe, und sie rollten erneut los, auf die rechte Seitenwand zu. Ein Teil der bisher fugenlos aussehenden Wand glitt zur Seite, einen Aufzug freigebend.

Hinter ihnen schloss sich die Tür und Sekunden später ging es tiefer. Sie war fassungslos! Von wegen, dass PARC eine kleine obskure Firma mit ein paar vertrottelten Spinnern war!

Hier unten erwartete sie Hightech vom Feinsten.

*

An Labors, Büro-, Werkstätten- oder Laborcontainern oder was auch immer, rollten sie rasch vorbei. Eine Rampe führte außen am Würfel hoch und danach ins Innere.

Ein heller Korridor mit Türen zu beiden Seiten. Vor ihnen, am Ende des Ganges, eine schlichte Tür mit einem Eingabeterminal für Codekarten.

Herr Davies lächelte:

»Bitte stecken Sie ihre von mir erhaltene Visitenkarte hinein.«

Sie suchte diese in ihrer Geldbörse. Amüsiert nahm er zur Kenntnis, dass sie randvoll mit Karten war und sie einen Moment arin stöbern musste.

Die Tür öffnete sich und sie rollten hindurch. Hinter ihnen schloss sich die Tür wieder und das ClubCar blieb stehen.

Staunend sah sie sich um. Der kreisrunde Raum wies etwa dreißig Meter im Halbkreis auf.

Rundum Bildschirme mit Programmiertischen, an einigen Stellen durch Türen unterbrochen. In der Mitte waren durch Raumteiler abgetrennte Bereiche eingerichtet, ebenfalls mit Bildschirmarbeitsplätzen oder Besprechungsecken sowie mit   Getränkeautomaten und kleinen Theken mit Essen. Und an der gegenüberliegenden Wand ...

Ihre Formel! Riesengroß auf einem sicherlich zehn Meter breiten und fünf Meter hohem Bildschirm dargestellt! Echt der Oberhammer! Dann stutzte sie. Das war nicht ihre Formel!

Ähnlich, ja, aber mit Abweichungen. Was sollte das?

Herr Davies sprach scheinbar ins Leere. Dennoch war seine Stimme im ganzen Raum laut und deutlich zu vernehmen.

»Meine Damen, meine Herren. Sofern eine Unterbrechung ihrer Arbeit zumutbar ist, kommen Sie in fünf Minuten zu einer Information zusammen! Danke!«

Während sie zum Besprechungsbereich gingen, bemühte sie sich, so viel wie es ging, zu sehen. Außer dass alle Geräte und Einrichtungen auf neuestem und technisch höchstem Niveau standen, konnte sie in der Kürze der Zeit nicht viel mehr Aufnehmen.

Ein runder Tisch umrahmt von künstlichen grünen Pflanzen und bunten Blumen, von echten Gewächsen kaum zu unterscheiden.

Herr Davies bat sie, neben ihm Platz zu nehmen.

Innerhalb von zwei Minuten versammelten sich alle Mitarbeiterinnen und Mitarbeiter, welche sie wohlwollend interessiert betrachteten.

Herr Davies stand auf und bedeutete ihr, sich ebenfalls zu erheben.

An alle gerichtet:

»Gestatten Sie mir, Ihnen Frau Dr. Andrea Liehl vorzustellen! Sie hat meine fehlerhafte und unvollständige Formel umgestellt und und die Lücken mit den korrekten Thermen gefüllt! Mit anderen Worten, dies ist ihre Formel! Bitte stehen Sie der Reihe nach auf und stellen sie sich mit Namen und Berufsbezeichnung vor. Frau Dr. Liehl wird Sie nachher persönlich aufsuchen. Bitte beantworten Sie ihre Fragen vorbehaltlos, ohne jegliche Einschränkung! Danke.«

Eine junge, hübsche, schwarzhaarige Frau erhob sich.

»Mein Name ist Anna Bohnert, ich bin 29 Jahre alt und Programmiererin für Quantencomputer!«

Nacheinander stellten sich ihre zukünftigen Kolleginnen und Kollegen vor. Als der letzte geendet hatte, ergriff Herr Davies noch einmal das Wort.

»Auf eine gute und erfolgreiche Zusammenarbeit! Bitte gehen Sie wieder an ihre Arbeit! Danke!«

*

Quantencomputer!

Theoretisch kannte sie deren Funktionsweise. Angesichts eines Problems probiert ein klassischer Computer einen Weg nach dem anderen aus, bis er nach etlichen Fehlversuchen das gesuchte Ergebnis findet. Im Gegensatz dazu testet ein Quantenrechner alle Lösungen gleichzeitig aus. Er überschwemmt den Raum aller Möglichkeiten und erzielt so blitzschnell eine Lösung. In der Praxis ist es jedoch nicht immer so einfach.

Quantencomputer werden mit erheblichem externem Aufwand nahezu auf null Kelvin gekühlt. Sie sind jeweils für spezielle Probleme maßgeschneidert konstruiert und müssen mit herkömmlichen Computern gekoppelt werden.

Der Quantencomputer führt dann die Berechnungen durch, bei denen er seine Stärke voll ausspielen kann und alles andere übernimmt der klassische Rechner. Die immensen Kosten und den Aufwand konnte sich kaum eine Firma leisten. PARC besaß zwei dieser Supercomputer und arbeitete eng mit den Computerentwicklern zusammen.

Kaum dass Herr Davies ihr die Computer zeigte, verlor sie vorläufig das Interesse an den weiteren Arbeitsplätzen.

Zumal man ihr sagte, dass einer der beiden Quantencomputer ausschließlich für die Bearbeitung ihrer Formel ausgelegt war.

Der Zweite durchforstete die Daten aller sonstigen Forschungsgruppen, um darin enthaltene Wechselbeziehung und Strukturen zu erkennen.

Ihr Interesse galt vordringlich dem Rechner mit ihrer Formel.

»Bitte zeigt Andrea die bisherigen Ergebnisse! Ich klinke mich vorübergehend aus, das OAK-Team will mich sprechen!«

»Gerne Robert! Frau Dr. Liehl ...!« Sie unterbrach die freundliche Dame mit einer Handbewegung.

»Bitte nur Andrea! So wie es hier üblich ist!«

»Danke, Andrea. Bitte setzen Sie sich. Sie erhalten jetzt erst einmal eine Einführung und anschließend gehen wir in die Details. Einverstanden?«

Sie nickte.

Die nette zukünftige Kollegin hieß Sarah. Sie rief die Formel auf.

Andrea studierte sie kritisch.

»Woher bekamen Sie die Formel, Sarah?«

»Aber das ist doch ihre Formel!«

»Nein, ist sie nicht! Ich präzisiere daher meine Frage: Sie schrieben die Formel doch von einer Vorlage ab, nicht wahr? Wo ist das Originaldokument?«

Sarah sah verblüfft drein.

»Keine Ahnung, Robert hat es in einem Tresor eingeschlossen! Einen Moment bitte!«

Sie griff zum Telefon: »Hallo Robert, Sarah hier. Können Sie mir das Originalpapier mit der Formel bringen? Andrea möchte es gerne einsehen? Ja? Gleich? Danke, Robert!«

Und an Andrea:

»Robert bringt uns in ein paar Minuten deine und seine gemeinsame Skizze!«

Herr Davies brachte das Dokument höchstpersönlich. Andrea war entsetzt! Durch ein teilweise darüber verschüttetes Getränk, vermutlich noch bei ›Chez Charlie‹, war einiges unleserlich geworden. Andrea warf ihm einen vorwurfsvollen Blick zu, indessen er schuldbewusst dreinsah.

»Ein ›Mai Thai‹. Ich dachte, man könnte es noch entziffern. Anscheinend nicht!«

Sie antwortete ihm nicht, sondern wandte sich an Sarah: »Wir gehen jetzt die Formel Zeichen für Zeichen durch! Zusätzlich tragen wird den zulässigen Bereich der Konstanten ein und auch die Grenzwerte der Integrale. Mit diesen Eingrenzungen erhalten wir sofort sinnvolle Ergebnisse. Einverstanden?«

Sarah zeigte sich begeistert! Mit der korrigierten Gleichung und eingeengten Werten ergaben sich gravierend stabilere Resultate.

Daraufhin rief sie einen Kollegen an.

»Torsten? Hätten Sie bitte eine Minute Zeit für mich? Ja? Bis gleich!«

Und an Andrea:

»Thorsten ist Physiker und einer unserer Entwicklungsingenieure. In den letzten Tagen ist er an der Formel gescheitert und ist seither total verzweifelt!«

Nun, nicht ihr Problem! Sie hätten ja die paar Tage auf sie warten können. Wenn nur Herr Davies nicht so ungeduldig gewesen wäre.

Keine zwanzig Sekunden später kam der Mann.

Mit einem Blick erfasste er den schmuddeligen Zettel und die Zeichen auf dem Bildschirm. Eine Minute lang studierte er intensiv das angezeigte Bild. Danach, leicht sauer:

»Sieh mal einer an, da hat jemand beim Übertragen in den Rechner ganz bös geschludert! Warum zum Teufel hat Robert mir nicht gleich das Originaldokument gezeigt, anstatt es einem der ahnungslosen Programmierer zu geben!«

Drauf gab es keine Antwort.

Andrea zeigte auf einen mittelgroßen Term:

»Dies ist der Schlüssel! Bitte kopieren sie ihn heraus und legen in einzeln auf den Schirm zum Bearbeiten!«

Kein Problem!

»Ich trage jetzt die Integralgrenzen ein und die Bereiche, in denen die Variablen gelten. Danach soll der Rechner alle Möglichkeiten, zuerst in groben, und wenn sich dann etwas abzeichnet, in stetig kleineren Schritten, durchrechnen! Im Prinzip müsste dies für euren Quantencomputer geeignet sein!«

Thorsten lachte.

»Genau dafür ist er vorprogrammiert! Schauen Sie!«

Fassungslos saß sie vor dem Bildschirm. Eine dreidimensionale Fläche füllte sich, immer feiner werdend, mit Feldlinien, Gravitationsmaxima und -minima anzeigend. Sie hatten den Einstig geschafft!

»Andrea! Schluss für heute!«

Herr Davies war hinzugetreten.

»Draußen ist es längst dunkel! Sie vergaßen die Zeit völlig, sind aufgedreht und gleichzeitig übermüdet. Verständlich! Sie sollten jetzt nicht mehr selbst steuern. Wir bieten Ihnen folgendes an: Ein Fahrer fährt Sie in ihrem

Auto nach Hause. Zweitens, er fährt ihr Auto nach Hause und Sie werden von einem anderen Fahrer zurückgebracht. Drittens, wenn Sie möchten, bringt uns der Firmenwagen zu ›Chez Charlie‹. Dadurch bekommen Sie die Gelegenheit zu weiteren Fragen und können dort noch eine Kleinigkeit essen!«

Andrea war viel zu überrascht, um sofort zu antworten.

»Sie sollten Angebot drei annehmen!«, meinte Sarah leise.

Dabei kommen Sie langsam zu Ruhe, und besprechen, wie es weitergeht! Sicherlich sehen wir Sie bald wieder!«

Grundsätzlich ein guter Vorschlag, zumal sie wenig Lust verspürte, bei Nacht die kurvenreiche, teilweise steile und enge Straße hinunter zu fahren. Tagsüber ja, aber nicht in stockfinsterer Dunkelheit.

Sie durchwühlte in ihrer Handtasche und reicht Robert nach längerem Suchen den Autoschlüssel.

»Ich glaube, es ist wirklich besser, ihr Angebot drei anzunehmen. Noch ein Drink bei ›Chez Charlie‹ ist auch nicht schlecht!«

*

Gunter Berger, der Hotelier wirkte nicht begeistert, aber durchaus verständnisvoll.

»Bereits als Herr Davies mit einem komischen Zettel voller mathematischer Formeln bei mir aufkreuzte und nach Ihnen fragte, war mir bewusst, dass ich sie auf Dauer nicht halten kann. Sie sind eine ausgezeichnete

Empfangsdame, aber diese Tätigkeit wird Sie längerfristig nicht ausfüllen.«

Er lächelte fein.

»Deshalb sah ich mich rechtzeitig nach einer Nachfolgerin für Sie um. Bitte bleiben Sie bis zum Monatsletzten, ab dem Ersten tritt eine Bewerberin ihre Nachfolge an!«

Sie nickte zustimmend.

»ielen Dank, Herr Berger! Auch dafür danke ich Ihnen, dass Sie mir einen Arbeitsplatz anboten, damals, als ich so unversehens arbeitslos wurde.«

»Schon gut, Frau Dr. Liehl. Jedenfalls wünsche ich Ihnen für ihre berufliche Zukunft alles Gute!«

*

Der Quantencomputer arbeitete einfach spitzenmäßig!

Seit einer Woche saß sie mit Sarah vor dem Bildschirm, Simulation um Simulation mit kontinuierlich veränderten Variablen ablaufen zu lassen. Ein parallel laufendes Programm verglich und bewertete die Ergebnisse. Die letzten offenen Punkte in der Formel konnten geklärt und abgehakt werden.

Herr Davies lud zu einer Besprechung in kleinere Rahmen ein.

Sie, Sarah, Thorsten und zwei weitere Ingenieure.

»Zuerst möchte ich mich bei den beiden Damen für ihre Leistungen und Einsatz beim Entschlüsseln der Formel bedanken. Wie wir wissen, beschreibt sie das Wesen der Gravitation. Jetzt kommt der nächste Schritt. Wir wollen einen Gegenstand gegenüber der Erdanziehung abschirmen, und ihn ›schwerelos‹ machen. Innerhalb des Feldes muss dann wiederum eine künstliche Schwerkraft erzeugt werden. Dieser Bereich wird zusätzlich in ein Entzerrerfeld gehüllt, welches gleichzeitig wie ein Andruckabsorber wirkt!«

Er unterbrach sich und legte aus einer Mappe mehrere Skizzen auf den Tisch.

»So wie ich mich teilweise an die Formel erinnern konnte, woher ich dies Kenntnisse auch habe, entsann ich mich ebenfalls an verschiedene Funktionsbaugruppen.«

Er reichte die Darstellungen an Andrea weiter.

»Bei ›Chez Charlie‹ gezeichnet. Vielleicht können Sie diese gleichermaßen vervollständigen?«

Sie griff zu. Ein kurzer Blick auf die Zeichnungen. Totenblass, mit zitternden Händen erhob sie sich und verschwand eilends in Richtung ihres Bürobereiches.

Lächelnd sah er ihr nach.

»Die sehen wir sobald nicht wieder!«

*

Er hatte mit seiner Vermutung recht behalten!

Andrea erkannte die Entwürfe! Sie kopierte die Originale mehrfach und begann Ergänzungen und Berichtigungen einzutragen. Zwischendurch kam sie immer wieder mit Fragen.

Abwechselnd verbesserten sie die Unterlagen. Nach zwei Tagen übergaben sie diese an Thorsten und seine Entwickler.

Einen Monat später hatten sie es geschafft! Eine mehrere Zentimeter durchmessende Metallkugel über einem Kunststoffseil an einer Federwaage hängend. Das Antigravfeld darauf gerichtet und die Kugel schoss nach oben, die Anzeige der Federwaage ging auf ›Null‹ zurück!

Jetzt ging es darum, ein ausreichendes Feld zu erzeugen, um eine Plattform zum Schweben zu bringen.

Zuallererst zogen sie nach oben in ein freies Labor um.

Einerseits benötigten sie mehr Platz für eine größere Ausführung, andererseits brauchten sie zusätzliche Facharbeiter. Diese wollte man in die geheimen unterirdischen Anlagen keinesfalls einlassen.

Zumal Herr Davies beabsichtigte, demnächst mit einem funktionierenden Labormuster an die Öffentlichkeit zu treten.

*

Der Vortragsraum sah im ersten Augenblick wie ein Hörsaal an einer Universität aus. Mit einem wesentlichen Unterschied: Anstatt enger Holzsitze gab es bequeme Sessel, natürlich verstellbar und mit einem Seitentischchen versehen, beispielsweise für Snacks und Getränke.

Unterlagen benötigte man nicht, bei Bedarf war alles auf dem Rechner beliebig abrufbar.

Einladender ging es nicht. Jeweils hintereinander höhenversetzt, in einem Bogen angeordnet, sodass man den Vortragenden an dem Pult gut sah. Und hinter dem

Redner eine mehrere Meter breiter und entsprechend hoher Bildschirm.

Herr Davies stand am Rednerpult, seine Angestellten kurz ansehend.

»Meine Damen und Herren, wie Sie wissen, arbeiten verschiedene Gruppen an Aufgaben jeweils ein Projekt betreffend. Eine Frage lautete: Was ist dran an dem Mythos eines riesigen Schatzes auf Oak Island?«

Er schwieg und trank einen Schluck Wasser aus dem vor ihm stehenden Glas.

»Herr Dr. Nico Braun wird Ihnen nun einen Überblick zum Stand des Vorhabens geben. Bitte, Nico, jetzt sind Sie an der Reihe!«

Dieser erhob sich und trat ans Pult.

»Liebe Kolleginnen und Kollegen! Oak Island liegt im Osten anadas. Seit über zweihundert Jahren graben Horden von Schatzsuchern nach einem sagenhaften Schatz, von dem niemand weiß, was er überhaupt ist. Unermessliche Piratenschätze? Unwahrscheinlich. Angeblich existiert inmitten der Insel ein extrem tiefer Schacht. Dieser ist, den Erzählungen nach, alle paar Meter durch querliegende Schieferplatten und Holzböden versperrt. Aus verborgenen unterirdischen Verbindungen zum Meer läuft stetig Wasser nach und füllt ihn andauernd auf. Es gibt heutzutage keinerlei Beweise mehr, dass der Schacht überhaupt vorhanden ist. So wie keine Eiche dort mehr wächst, denn unprofessionelle Raubgräber zerstörten alle Spuren und fällten die Bäume. Angeblich gruben sie einen Krater bis zu vierzig Meter tief, bevor dieser erneut im Schlamm versank. Im Laufe der Jahre gab es einige ernsthafte Schatzgräber, welche Millionen einsammelten, um den Schatz zu bergen. Dieses Kapital war meist nach kurzer Zeit verbraucht, die Konsortien pleite. Zwischendurch versuchten es immer wieder Dilettanten, so lange bis auch ihnen Die Mittel ausgingen. Danach wurde es still um Oak Island. Als Erstes kauften wir die Insel und befestigten den Damm zum Festland. Natürlich hatten wir uns vorher die Schürfrechte gesichert und das gesamte Gebiet abgesperrt.«

Ein tiefer Zug aus dem vor ihm stehenden Glas, ehe er fortfuhr:

»Daraufhin beauftragten wir eine der weltweit fähigsten Tiefbaugesellschaften. Speziell präparierte Stahlringe mit einer Höhe von fünf Metern, aus Einzelteilen zu einem Durchmesser von hundert Metern zusammengesetzt, wurden um den vermuteten Mittelpunkt angeordnet. Die Firma setzte Hochleistungspumpen und und zum Ausschachten geeignete Geräte ein. Weitere Ringe wurden Stück um Stück aufeinandergesetzt und wasserdicht verbunden«.

Dr. Braun legte einen Moment eine Pause ein, und zeigte auf die Bilder auf der Leinwand hinter sich.

»Selbstverständlich dokumentierten wir die Grabungsarbeiten von Anfang an. In siebenundfünfzig Metern Tiefe fanden wir den Beginn eines künstlichen, unterirdischen Bauwerkes. Je tiefer wir mit unseren Ringen kamen, desto höher wuchs das gesuchte Gebilde wie ein Zahnstummel aus dem Untergrund empor. Wie von den bisherigen Schatzsuchern beschrieben, war es regelmäßig durch querliegende Holzböden und auch vereinzelt durch

Schieferplatten verschlossen. Geschulte Archäologen trugen es Stück für Stück ab. Nach siebenundneunzig Metern stießen, wir auf eine äußerst schwere Platte, die wir vorsichtig anhoben. Bitte sehen Sie!«

Atemlose Stille! Kein Piratenschatz, kein Gold oder Ähnliches!

Dafür tauchten schlammbedeckt, nur schemenhaft zu erkennen, die Konturen von mit parallelen Rohren verbundenen Behälter auf!

»Wir haben den ›Schatz‹ oder was auch immer, gefunden! Der Rest bestand aus einfachster Bergungsroutine. In ein großes Netz gehüllt, von einem Hubschrauber hochgehievt und zu einem rund zweihundert Kilometer entfernten Flugplatz gebracht. Eine gecharterte, startklare Boeing 747-8F übernahm das geborgene Material. Sie flog mit diesem längst nach Europa, bevor die auf dem Festland lauernden Schatzgräber erfassten, was geschah, und vor allem, ehe sie sich den Fund gewaltsam aneignen konnten!«

Dr. Braun lachte.

»Den leeren Schacht ließen wir vor Ort mitsamt den Ringen stehen. Die Baufirma zog umgehend ihre Ausrüstung ab. Die Schatzsucher können ab jetzt von uns aus gerne weiterhin die Insel umgraben. Mag sein, dass sie ihre Kiste voller Gold eines Tages doch noch finden!«

Herr Davies trat zu Dr. Braun.

»Im Namen aller darf ich Ihnen und ihrem Team danken! Sie beendeten erfolgreich eine Jahrhunderte alte Suche!«

Und lächelnd an die schweigend lauschenden Zuhörer gerichtet:

»Sie wollen natürlich erfahren, was wir bargen, nicht wahr?

Unser Grabungsteam reiste noch nicht aus Kanada ab, da hatten wir bereits die Gegenstände hier. Spezialisten reinigten sie in der Zwischenzeit und setzten sie, soweit es ging, wieder zusammen!

Bitte folgen Sie mir! Vor Ort erhalten sie weitere Erklärungen!

Danke!«

*

Staunend standen sie vor dem glänzenden Gebilde aus Metall.

Was in aller Welt stellte das dar?

»In einem, im Original nicht mehr auffindbaren, uralten Manuskript ist angeblich so eine Maschine genau beschrieben. Zufällig oder nicht, die nach diesen Texten angefertigten Zeichnungen entsprechen beinahe unserem grob rekonstruierten Fund. Dieser ist aber viel kleiner und handlicher als wie in den vorgeblich ermittelten Abmaßen. Die bisherige Altersbestimmung weist auf einen Zeitpunkt von vor fünftausend Jahren hin. Unser Fund ist also zeitlich gesehen längst vor irgendwelchen ›heiligen Büchern oder Schriften‹ gebaut worden. Der Entstehungszeitraum fällt mit einer technischen Hochkultur im Industal zusammen, wenn man die in den Veden beschriebenen fliegenden Geräte als gegeben ansieht. Wie die Geschichte zeigt, erschienen seitdem viele Kulturen und vergingen wieder. Dieses Maschinenteil hat die Zeit sozusagen als eine Art ›göttliche Reliquie‹ in geheimen Zirkeln überstanden, von Religion zu Religion weitergereicht! In irgendwelchen Tempeln verborgen und gehütet. Waren es die Templer, die es in Jerusalem ausgruben und seither wie einen Heiligen Gegenstand verehrten? Brachten sie das Gerät kurz vor dem Ende des Ordens auf Oak Island in Sicherheit? Über Großbritannien nach Kanada transportiert? Alles nichts Handfestes, nur unbeweisbare Spekulationen. Dessen ungeachtet fanden wir etwas. Was auch immer! Kleine Stückchen des Metalls schickten wir an drei verschiedene metallurgische Labors. Sobald deren Ergebnisse vorliegen, werden wir die Presse einladen und das Unbekannte Objekt zeigen! Nicht ohne vorher die neuartige Metalllegierung zum Patent anmelden«, schloss Herr Davies zufrieden.

*

»Frau Schmitt, bitte versenden Sie an fünfzehn nationale und Internationale Magazine eine Einladung. Thema: Präsentation der Forschungsergebnisse PARC auf Oak Island!«

Nachdenklich fügte er hinzu:

»Ich gehe davon aus, dass sich umgehend einige Reporter zuerst vor Ort umsehen und auf die dortigen Schatzgräber treffen. Danach gibt es sicher interessante Titelzeilen!«

50

Er behielt recht.

›

Hat PARC den Schatz von Oak Island gefunden?‹

    Wo befindet sich der Schatz jetzt?‹

        Unermesslicher Piratenschatz geborgen?‹

›

›Und so weiter und so weiter ...

Nach diesen Schlagzeilen stand fest, dass alle Eingeladenen kommen würden.

*

Nur in einem Punkt hatte er sich geirrt. Statt einzelner Reporter kamen gleich drei Kamerateams zur Presseinformation!

Herr Davies übernahm die Einführung.

»Meine Damen, meine Herren! Gestatten Sie, das ich Ihnen Dr. Nico Braun, den Leiter unseres archäologischen Teams, vorstelle. Er wird kurz zum Thema Grabungen anhand einiger Bilder unser Vorgehen erläutern. So viel sei vorab verraten: Er hat etwas Unglaubliches gefunden. Bitte stellen Sie jetzt keine Fragen. Im Anschluss an den Bericht wird er Ihnen den Fund präsentieren. Bildaufnahmen sind gestattet. Anschließend treffen wir uns wieder hier, dann werden wir, sofern wir dazu in der Lage sind, Ihnen Antworten zu ihren Fragen geben. Danke!«

Dr. Brauns Vortrag dauerte nur wenige Minuten. Danach bat er seine Zuhörer in den Saal nebenan.

Auf einem Podest, von Scheinwerfern hell ausgeleuchtet, funkelte und glänzte ein befremdlich aussehendes Gebilde aus Metall. Staunend standen die Reporter davor.

»Zu ihrer Information: Erstens: Das Alter des Metalls beträgt rund fünftausend Jahre! Zweitens: Es handelt sich um eine bisher unbekannte Legierung mit einem hohen Anteil an seltenen Erden. Drittens: Der Schmelzpunkt liegt bei weit über dreitausend Grad! Viertens: Um unnötigen Spekulationen vorzubeugen: Es gibt nicht den geringsten Hinweis auf außerirdische Elemente! Die Daten, so wie auch die inzwischen ermittelten Bestandteile der Legierung, stehen in dieser kleinen Broschüre. Bitte bedienen Sie sich!«

Zuerst wurde das Gebilde von allen Seiten fotografiert. Danach machten die Kamerateams ihre Aufnahmen.

Im Anschluss daran stellte sich Dr. Braun den Fragen der Reporter. Nach fünfzehn Minuten griff Herr Davies ein.

»Meine Damen, meine Herren, wir drehen uns im Kreis! Die PARC beteiligt sich nicht an Spekulationen! Wir bargen aufgrund vager Hinweise ein unbekanntes Objekt. Der Aufwand hat sich bereits aus dem Grund gelohnt, da eine bisher nicht bekannte Legierung entdeckt wurde, die für viele denkbare Anwendungsfälle, vor allem im Hochtemperaturbereich, bestens geeignet ist. Die exakte Zusammensetzung werden wir nach dem abgeschlossenen Patentverfahren veröffentlichen. Jedermann kann es danach frei verwenden. Wir wollen lediglich verhindern, dass sich jemand die Mischung unter den Nagel reißt und dann unberechtigt Lizenzgebühren erhebt!

Fachleuten dürfen das Artefakt jederzeit besichtigen. Ufologen, Sektierern und den sogenannten ›Alienforschern‹ wird kein Zugang gestattet! Vielen Dank für ihren Besuch!«

*

»Liebe Mitarbeiterinnen und Mitarbeiter!«

Herr Davies hatte wieder eine Versammlung einberufen.

»Ab sofort werden folgende Projekte eingestellt: Mohenjo Daro, Mahabharata, Sodom und Gomorrha. Die Suche nach den

Quecksilberkammern als auch die Nachforschungen zum Thema Vimanas entfallen. Durch die sich abzeichnende Kontrolle der Schwerkraft, sind wir nicht mehr auf die Entschlüsselungen alter Legenden angewiesen! Die Suche nach der Herkunft des Fundes auf Oak Island wird mit verkleinerter Mannschaft fortgesetzt! Wir werden alle unsere personellen Ressourcen zur Weiterentwicklung von Labormustern schwereloser Luftfahrzeuge bündeln. Diese Aufgabe wird ausgeweitet, um einen geeigneten Antrieb zu Entwickeln! Im ersten Schritt erstellen wir eine kleine Plattform it zwei Autositzen und zwei Steuerhebeln. Mit Hebel Nummer eins verringern wir die umgebende Schwerkraft auf Null, mit Nummer zwei erzeugen wir ein künstliches Schwerefeld rund um die Sitze mit den Insassen. Sobald dies funktioniert, werden wir diesen Zustand patentieren lassen und anschließend das Patent den zehn international führenden Autofirmen anbieten. Natürlich nach einer Vorführung und einem Flugtest durch unsere Kunden. Da die untereinander im Wettbewerb sind, werden umgehend verschiedene schwebende Luftfahrzeuge mit allem Drum und dran entstehen. Dies entlastet uns ungemein. Wir sind keine Fahrzeughersteller. Zudem schwebt mir für später ein kleiner Fusionsgenerator vor, welcher die Energieprobleme an Bord löst. In entsprechend modifizierter Ausführung lässt sich auch auf anderen Gebieten noch viel mehr erreichen! Bitte bilden Sie freiwillige Teams und lösen Sie gemeinsam diese Aufgaben! Ich danke Ihnen!«

*

Nichts gegen die Schwebeplattformen. Sie funktionierten hervorragend! Vier Propeller, Abstandsradar und alle schossen nacheinander und durcheinander durch die Halle.

Nur, sie sahen bescheuert aus!

Herr Davies beraumte eine Sitzung mit seinen Entwicklern und Konstrukteuren an.

»Andrea! Thorsten! Eure vorrangige Aufgabe ist ab sofort, die beiden Einheiten für Antigravitation und künstliche Schwerkraft in jeweils eine Black-Box zu komprimieren. Diese werden standardmäßig und versiegelt in jedes Luftfahrzeug eingesetzt. Aufschrift: Nicht reparierbar! Komplett ersetzen! Aus Sicherheitsgründen bauen wir dir Boxen doppelt ein! Sobald eine ausfällt, leitet die zweite umgehend eine Landung ein!«

Für einen Moment hielt er inne, trank etwas Mineralwasser, ehe er fortfuhr:

»Unsere Rechtsanwälte kaufen soeben eine kleine Firma auf,

welche kundenspezifische Karosserien baut. Die Damen und Herren von der dortigen Designabteilung entwerfen bereits verschiedene Vorschläge. Grundsätzlich umfasst der Entwicklungsauftrag einen stabilen, metallischen Tragrahmen, zwei bequeme Sitze, einen Akku aus den bisher üblichen Elektroautos und drumherum eine schicke Karosserie aus stabilem Kunststoff. Gesamtzahl mindestens zwanzig Stück! Jeder Kunde, welcher eine Lizenz erwirbt, bekommt so einen Schweber mit. Alles was amtliche Zulassungen betrifft, ist danach Sache der Hersteller. Wir liefern nach den Mustern grundsätzlich nur die Black-Boxen für weitere Luftfahrzeuge! Gegen Bezahlung natürlich!«

»Robert,« Andrea meldete sich zu Wort, »wir sind mit den Grundlagenforschungen voll ausgelastet! Wie bei einem bisherigen Flugzeug müssen alle Systeme mehrfach redundant ausgeführt sein. Eine sichere Steuerung mit beispielsweise sechs statt vier Propellern, Navigationseinrichtungen, GPS, Funk zu Leitstellen und so weiter, überfordert uns zeitlich hoffnungslos! Währen meiner Zeit als Empfangsdame lernte ich den Geschäftsführer einer kleinen Entwicklungs- und Softwarefirma kennen. Als Techniker spitzenmäßig, als Kaufmann weniger. Er sucht händeringend Aufträge. Diese Firma könnte die gesamte Flugelektronik samt Software entwickeln. Ohne unseren inneren Bereich zu betreten!«

Robert griff zum Telefon.

»Rechtsanwaltskanzlei? Ja? Hier ist Davies! Herr Rechtsanwalt, Frau Dr. Liehl und Herr Dr. Thorsten Müller kommen demnächst bei ihnen vorbei. Sie kennt den Eigentümer einer kleinen Firma. Bitte prüfen Sie, ob diese zu übernehmen ist. Samt dem Personal! Wir sind aus Kapazitätsgründen an einer kurzfristigen Abwicklung interessiert. Wann haben Sie einen Termin frei? Was? Jetzt gleich? Gut, danke!«

»Andrea, Thorsten, fahrt bitte umgehend los! Nehmt den Firmenwagen mit Chauffeur! Dann könnt ihr euch unterhalten, ohne auf den Verkehr achten zu müssen!«

*

Bereits am nächsten Tag saß Oliver Hartung, Diplomingenieur Fachgebiet Elektronik, selbstständig, Besitzer einer winzigen Firma für elektrische Nischenprodukte, vor ihm. Eine GmbH, nahezu pleite.

Die Kredite konnten wegen fehlender Aufträge nicht mehr bedient werden.

»Herr Hartung! Wir bieten Ihnen Folgendes an: Wir nehmen Sie und ihre Mitarbeiter ab dem folgenden Ersten als Angestellte in unser Werk auf. Sie erhalten die Position eines Abteilungsleiters. Derzeit Entwickeln wir ein neuartiges Elektrofahrzeug. Sie liefern die hierzu notwendige Steuerung einschließlich der Software. GPS und Funktechnik gehören ebenfalls dazu. Sie und ihre Leute ziehen samt ihren Bildschirmarbeitsplätzen zu uns um. Die Rechtsanwälte lösen ihre Gesellschaft auf und befriedigen jegliche Forderungen ihrer Gläubiger. Danach existiert Hartung-Elektronik nicht mehr. Einverstanden?«

»Einverstanden, Herr Davies!«

Bitter fügte er hinzu:

»Wir entwickelten einige erfolgversprechende Produkte. Die Konkurrenz kopierte trotz unseren Patenten alles schamlos! Bereits der erste Prozess kostete uns nur Zeit und Geld. Obwohl wir in den unteren Instanzen gewannen, gingen unsere Gegner, weiterhin unter Missachtung der Urteile, jeweils bei der nächsthöheren Instanz in Berufung. Sie wussten, dass wir aufgrund der Rechtsanwalt- und Gutachterkosten nicht beliebig mithalten konnten! Unsere Kapitaldecke war einfach zu dünn! Danach intrigierten sie gegen uns, verleumdeten uns bei unseren Kunden! Ohne ihr Angebot wäre ich spätestens in ein oder zwei Wochen am Ende!«

Herr Davies nickte und drückte auf die Sprechanlage.

»Frau Schmitt! Rufen Sie bitte Andrea und Torsten zu mir! Danke!«

Eine Dame trat ein und servierte Getränke und belegte Brötchen.

Auffordernd sah er Herrn Hartung an.

»Bitte, bedienen Sie sich! Meine beiden Mitarbeiter benötigen etwas Zeit, um von ihrem rbeitsplatz hierher zu gelangen. Ach ja, unsere Rechtsabteilung wird sich später mit Ihnen in Verbindung setzen. Besitzen Sie die Unterlagen von ihren Patentverfahren noch?«

»Ja, warum fragen Sie?«

»Sofern die Sache nicht verjährt ist, wird unser Patentanwalt die Verfahren erneut aufnehmen. Kosten spielen vorerst keine Rolle. Wenn wir gewinnen, zahlen unsere Gegner sowieso alles!«, schloss er grimmig.

Es klopfte. »Herein!«

Er erhob sich, Herr Hartung ebenfalls.

»Andrea, Torsten, hiermit möchte ich Ihnen unseren zukünftigen Mitarbeiter, Herrn Diplomingenieur Oliver Hartung vorstellen. Herr Hartung, dies ist Frau Dr. Andrea Liehl und Herr Dr. Torsten Müller. Diese beiden sind später ihre Vorgesetzten. Wir sprechen uns alle mit Vornahmen und Sie an. Ohne Titel. Andrea, Torsten, nehmt bitte Oliver mit und zeigt ihm die Plattform. Erklärt ihm, was wir von ihm und seinen Mitarbeitern erwarten!«

*

Keine Ahnung, was er erwartet hatte. Dies jedoch nicht. Nur eine überwiegend leere Halle und vor ihm ein Blechgestell mit undefinierbaren Kästen, untereinander mit Kabeln verbunden. Darauf zwei Sitze wie Online-Spieler sie benutzten, mit je einem Joystick in den Armlehnen. Vor jedem ein großformatiges Display.

Er war enttäuscht! Die paar Bildschirmarbeitsplätze an den Wänden machten ebenfalls nicht viel her!

»Herr Hartung! Nehmen Sie bitte im rechten Sitz Platz und schnallen Sie sich an!«

Als er zögerte, Frau Dr. Liehl hatte ihn angesprochen, meinte Herr Davies:

»Tun Sie, was sie sagt, sie ist unsere beste ›Rollenspielerin‹! Am Joystick unübertroffen!«

Zweifelnd betrachtete Herr Hartung das seltsame Gestell, nahm aber dann doch Platz. Und schnallte sich an.

»Gravita! Systeme checken und A-Kanal freigeben! Ausführung!«

Die Bildschirme erhellten sich. Vor ihm war vermutlich eine Frontkamera, welche die vordere Umgebung zeigte. Auf dem Display von Frau Dr. Liehl waren Instrumente eingeblendet, die an ein Flugzeug-Cockpit erinnerten. Im nächsten Moment schwebten sie etwa fünf Meter über dem Hallenboden.

»Gravita! Rollenprogramm zwei! Ausführen!«

Ihm wurde übel! Obwohl sie scheinbar stillstanden, drehte sich die Halle in allen Richtungen um sie herum. Mehrfach lag die Hallendecke oder eine Seitenwand unter ihnen.

»Gravita! Umschaltung auf manuelle Steuerung!«

Verstört beobachtete er, wie sich die Halle wiederum, der Steuerstellung der Joysticks entsprechend, bewegte. Von extrem langsam bis rasend schnell!

Plötzlich hielt Gravita - oh, das war sicherlich der Name des Gestells? - vor einem übergroßen, an der Seitenwand aufleuchtenden Bildschirm an. Das Gestell! Wie in einer technischen Explosionszeichnung zerlegte es sich in seine, Bestandteile. Eine Plattform, ähnlich dem Chassis eines Autos tauchte auf, die Kästen fügten sich oben und untern an das Chassis. Zwei weitere Bleche mit den Umrissen der Plattform legten sich beidseitig an. Vier Sitze darauf, ein Bedienpult ...

Herbeischwebende Kunststoffteile umhüllten das Ganze, welches plötzlich fast wie ein Auto aussah. Sechs Arme, in etwa dort angebracht wo sich bei einem Auto die Räder befanden, trugen Motoren mit jeweils einem Propeller. Wie bei Drohnen.

Das Bild verblasste und eine rote Schrift leuchtete auf:

»Gravita-X1«

Benommen stellte er fest, dass Frau Dr. Liehl ausstieg. Das

Gestell stand wieder am ursprünglichen Ort.

Stammelnd sprach er sie an:

»Was geschah eben?«

Sie sah ihn fest an:

»Sie unternahmen soeben einen Flug, wobei die Platt-form selbst s

chwerelos war und die Sitze in eine künstliche Schwer-kraft eingehüllt! Bitte kommen Sie mit! Sie benötigen sicherlich eine kleine Pause mit etwas zu trinken!«

*

Die Entwicklung von Gravita-X1 verlief hervorragend. Alle Abteilungen arbeiteten einträchtig Hand in Hand. Die Karosserie stellte die PARC selbst her, alles andere wurde von Zulieferern für Kleinflugzeuge gekauft.

Schnittstellen wurden angepasst, die zugehörige Soft-ware auch.

Zwei leistungsstarke Rechner koordinierten sowohl die gesamte Elektronik als auch die Steuerung der Propeller.

Zwei Batterien aus E-Mobilen erwiesen sich mehr als ausreichend.

Zur Erhöhung der Sicherheit bauten sie das Traffic Alert and Collision Avoidance System (TCAS), bekannt aus den Linienflugzeugen, ein.

Nach fünf Monaten flog der Prototyp fehlerfrei. Mit den bei der Fertigung erkannten Verbesserungen, wurde eine Vorserie von fünfundzwanzig Stück aufgelegt.

Herrn Davies brannte die Zeit unter den Nägeln. Er wusste nicht, wie lange sich die Sache noch geheimhalten ließ.

Handbücher mit allen Konstruktionsdaten wurden erstellt, die Dokumente für die Patentanmeldungen bereitgestellt.

Dann war es soweit. Nationale und internationale Patente wurden gleichzeitig bei den Patentämtern eingereicht, die Vertreter von zehn der bedeutendsten Autohersteller eingeladen.

*

Der große Tag!

Acht der angeschriebenen Firmen sandten ihre Vertreter.

Herr Davies stand hinter dem Pult, die gespannt Wartenden ansehend.

»Meine und Herren, danke dass Sie der Einladung folgten. Wir bieten Ihnen exklusiv Lizenzen unserer aktuellsten Entwicklung an. Das Angebot gilt genau fünf Tage! Um Mitternacht des fünften Tages erlischt die Offerte. Sie erhalten bei Annahme ein Handbuch, sämtliche Konstruktionsunterlagen und ein Gerät aus der Vorserie. Zuerst gehen wir nach nebenan und geben Ihnen Gelegenheit, die Erfindung selbst zu testen. Danach beantworten wir alle Fragen und zeigen einen Kurzfilm, aus dem Sie die Wirkungsweise erkennen. Der Preis für die Lizenz und ein Gerät beträgt fünf Millionen Dollar, dazu kommt später noch ein Prozent von jeder verkauften Einheit! Bitte folgen Sie mir!«

Ein aufgeregtes Tuschen setzte ein, als sie zum Nebenraum schritten.

Fünf Millionen Dollar? Ganz schön happig!

Eine große Halle mit dreißig Stühlen.

»Bitte nehmen Sie Platz!«

Alle setzten sich brav.

Im nächsten Moment schossen fünf fliegende Autos in den Raum, ein paar Meter vor ihnen lautlos über dem Boden schwebend.

Dann, die Erkenntnis ...

Die Propeller standen still! Nichts hielt die Gebilde in der Luft!

»Die Flugmobile werden durch Antigravitation in der Luft gehalten. Die Propeller dienen nur zum Flugantrieb! Im Innern der Luftfahrzeuge herrscht eine künstliche Schwerkraft, sodass sie glauben, in einem normalen Auto zu sitzen. Wir stellen Ihnen jetzt fünf Einheiten zum selber steuern zur Verfügung! Damit alle nacheinander drankommen, müssen wir die Flugzeit auf fünf Minuten begrenzen! Die Geräte heißen bei uns intern ›Gravita-X1‹. Bitte nicht drängeln, eine Jede, ein Jeder kommt dran! Zuerst mit einem unserer Piloten, der Ihnen eine kurze Einweisung gibt, danach schaltet er auf ihr Bedienfeld um! Danke. Später, wenn alle einmal geflogen sind, dürfen Sie auch einzeln fliegen!«

Nach ein paar Sekunden:

»Wenn Sie mit mir zurückgehen, können Sie die Wartezeit mit Getränken und einem Imbiss überbrücken. Außerdem stehen Ihnen unsere leitenden Entwickler, Frau Dr. Liehl und Herr Dr. Müller für alle Ihre Fragen zur Verfügung!«

Was umgehend zu einem allgemeinen Aufbruch führte.

Alle Fragen zu Technik und Physik beantworteten sie geduldig und ausführlich. Plötzlich wurde es heikel!

»Herr Davies, was passiert, wenn das Militär von ihrer Erfindung erfährt? Die beschlagen garantiert widerrechtlich alle Unterlagen!«

Der Angesprochene lächelte dünn.

»Erstens liegen alle Unterlagen weltweit auf verschiedenen Servern. Ein krummes Ding von Seiten einer x-beliebigen Organisation und alles wird auf unzähligen Rechnern veröffentlicht! Zweitens, alle Militär-Objekte sind sowohl größer als auch schwerer als unsere Flugobjekte. Die Berechnungen zeigen, dass das Antigravfeld von der Ausdehnung her begrenzt ist. Wir versuchten es trotzdem, aber das Ding flog uns prompt um die Ohren. Wenn Sie an Busse oder Lastwagen denken, vergessen Sie es! Drittens: Die Formel zur Antigravitation liegt seit Monaten frei im Internet. Da die PARC, von den etablierten Wissenschaftlern als Spinner abgetan wird, hat sich bisher niemand dafür interessiert! Wenn Sie die ersten, zugelassenen Flugmobile auf dem Markt anbieten, wird sich das sicherlich ändern!«

Nach einer kurzen Pause:

»Wenn das Geld unserem Konto gutgeschrieben ist, werden Sie umgehend informiert! Bitte kommen Sie in einem Lastwagen mit geschlossener Ladefläche! Danke!«

Immerhin, nach über drei Stunden waren alle mehrmals geflogen und voll begeistert! Die Vertreter der einzelnen Firmen hatten sich gegenseitig per Handys aufgenommen!

Herr Davies ergriff noch einmal das Wort:

»Meine Damen und Herren, wir danken für ihr Interesse. Wenn sich weitere Personen aus ihren Unternehmen informieren wollen, dann bitte nur nach vorheriger Terminabsprache!«

*

Vier Tage später hatten alle acht Firmen den Lizenzvorvertrag unterschrieben. Die Firmenleitungen und Aufsichtsräte erschienen nach den begeisterten Berichten ihrer Angestellten umgehend selbst.

Das Übliche ...

Wie kleine Kinder mit einem neuartigen Spielzeug! Vier Unternehmen brachten gleich ihren Rechtsanwalt und Finanzleiter mit. Und einen Lastwagen! Nach Abnicken der Unterlagen durch den Anwalt veranlassten sie eine Sofortüberweisung. Eine Stunde danach, zogen sie zufrieden mit ihren Flugautos ab. Nicht ohne den eindringlichen Hinweis, das Laden der Akkus nicht zu vergessen!

Wie erwartet kamen wenige Tage später die ersten Bestellungen für die bisher unbekannten Antigravgeräte. Sie erkannten schnell, dass ein sofortiger Nachbau nicht möglich war. Viel zu kompliziert! Auch wenn die Einkäufer nicht begeistert dreinschauten, so mussten Sie sich vorerst mit je zwanzig Einheiten, ausreichend für zehn Flugmobile, begnügen. Und sich auf zukünftige Lieferungen einstellen.

*

Fröhlich vor sich pfeifend schritt er über den Hof zur Kantine.

Endlich war seine Firma wieder sauber.

›Gravita-X1‹ gehörte der Vergangenheit an. Die komplette Fertigung hatte die PARC verlassen und baute in einer mittelständischen Zulieferfirma für Autozubehör, vorerst je eine Fertigungslinie für die Antigravitations-Box und die Einheit für künstliche Schwerkraft auf.

Die andauernden Fragen gingen in letzter Zeit mehr und mehr auf die Nerven.

Er hatte sich kaum niedergelassen und wartete auf sein Essen, als Andrea sich zu ihm an den Tisch setzte.

»Hallo Robert, Sie sehen zufrieden und entspannt aus. Dabei dachte ich, Sie vermissen die Fertigung.«

»Im Gegenteil! Die anstrengende Bande ging mir zum Schluss schwer gegen den Strich! Zudem sind wir jetzt die andauernde Drängelei der Autohersteller los! Diese müssen sich nun selbst in die Theorie der Schwerkraft einarbeiten.«

Dann lachte er.

»Sie brauchen mit ihren Computern unerwartet viel Rechenzeit bei den Simulationen. Da sie nie unser Zentrum betraten, genauso wenig wie die lieben Exkollegen, wissen sie nicht, dass wir Quantencomputer einsetzen. Dummerweise ›vergaß‹ ich es ihnen mitzuteilen. Die Entwicklungsabteilungen der Unternehmen können zwar die Schaltpläne lesen, verstehen sie aber nicht. Auch die boxeninterne Software gibt viele Rätsel auf. Sie werden noch lange auf den Zukauf der Boxen angewiesen sein! Ach ja, die beiden Firmen, welche die Präsentation absichtlich ignorierten, bekamen durch Industriespionage die Sache mit ›Gravita-X1 teilweise heraus. Jetzt wollen sie nachträglich auch eine Lizenz, aber wir teilten ihnen bedauernd mit, dass wir unseren Kunden versprachen, in absehbarer Zeit, keine Lizenzen mehr zu vergeben.

Auf ihre Anfragen wegen Gesprächsterminen antworteten wir nicht!«

Er unterbrach sich, sein und Andreas Essen kamen. Nebenher erzählte er weiter:

»In rund sechs Wochen werden alle acht Firmen gleichzeitig ihre Modelle präsentieren. Sie überarbeiteten die Karosserien, um sie ihrem bisherigen Firmenlook, soweit wie es ging, anzugleichen. Auf die Reaktionen in der Fachpresse bin ich gespannt!«

Als er seine Kaffeetasse anhob, geschah es.

Schwarze Wirbel ... Es gelang ihm nicht mehr, die Tasse abzustellen, ehe die Dunkelheit ihn einhüllte.

Langsam wurde es wieder heller. Einige bunte, verblassende Farbstreifen ...

Zurückgelehnt saß er im Stuhl. Seine Tasse stand auf dem Tisch.

Aus schmalen Augen schaute Andrea ihn an.

»Sobald Sie zu Zittern anfingen, konnte ich gerade noch ihre Tasse auffangen. Ein Schwächeanfall, nur wenige Sekunden! Sie sollten sich ausruhen, der Stress der letzten Wochen war zu viel!«

Ausruhen? Gute Idee, aber wie? Dann fiel ihm was ein.

»Wir haben doch eine Firmensauna. Etwas schwitzen, danach Ausspannen und erholen!«

Mit leiser Stimme fragte sie:

»Darf ich bitte mitkommen?«

Er zögerte. Warum sollte sie es nicht erfahren? Irgendwann würde sie es doch herausbekommen!

Die Sauna befand sich in einem Nebengebäude, mit einem Liegeplatz, von Gras, Büschen und Bäumen umgeben.

Das ClubCar benötige keine drei Minuten.

»Oh«, Robert ärgerte sich, »wir hätten vorher anrufen sollen, dass die Sauna vorgeheizt wird!«

Andrea lächelte.

»Ersten ist sie generell auf vierzig Grad eingestellt, zweitens habe ich per App, Sie haben sie ebenfalls auf ihrem Handy, auf achtzig Grad hochgeschaltet. Keine Angst, Robert, Sie werden nicht frieren!«

Nun ja, er konnte schließlich auch nicht alles wissen!

Sie verschwand in den Umkleideräumen für Damen.

Wie er feststellte, lagen in den Räumen für Herren breite Handtücher zum darauf sitzen aus. Gut! Eines zum Draufsitzen, eines um die Hüften. Badehosen gab es leider keine und er wollte Andrea mit seinem nackten Anblick nicht in Verlegenheit bringen.

Als er saß, kam Andrea herein. Dass Badetuch unterm Arm, ansonsten ebenfalls völlig nackt, bis auf ...

Ihm schwindelte.

Andrea trug um die Hüften einen handbreiten, zwei Finger dicken Silbergürtel, haargenau seinem eigenen entsprechend.

Er stammelte: »Sie, Sie auch ...?«

Sein Handtuch fiel herab. Dummerweise gab das Tuch noch mehr frei. Andrea nahm seine Hand und zog ihn aus der Sauna.

»Ich glaube, wir gehen erst einmal in die Ruheräume!«

Sie lächelte und zog ihn mit sich.

Kaum angekommen, küsste sie ihn begehrend, ihn auf die weiche Liege drängend!

Sich umarmend und streichelnd sanken sie darauf. Als er unter ihr lag, glitt sie über ihn. Ein kurzer Wehlaut. Mist, sie hatte völlig vergessen, dass sie noch Jungfrau war, nein, bis eben gewesen war!

Zwei Stunden später verließen sie einträchtig das Saunagelände.

Frau Dr. Liehl und Robert Davies!

*

Seit einigen Stunden war in den Medien die Hölle los! Jeweils zur selben Zeit traten alle acht Automobilhersteller mit je hundert fliegenden Mobilen zur gleichen Ortszeit vor die Presse.

Reporter und Kamerateams überschlugen sich anschließend mit ihren Kommentaren und vor allem mit den Flugberichten. Fotos und Videos live aus den Flugmobilen. Viele Fernsehsender unterbrachen das laufende Programm, um in Sondersendungen diese absolute Weltneuheit vorzustellen.

Sämtliche Fluggeräte besaßen eine vorläufige Zulassung, sodass die Pressevertreter nach einer kurzen Einweisung losfliegen durften. Einige Übermütige, welche ›Fangen‹ spielen wollten oder dicht an Gebäude heran flogen, bremste die nicht abschaltbare Antikollisions-Einrichtung und das Abstandsradar zuverlässig aus.

Um die Zivilluftfahrt nicht zu gefährden, begrenzte man die Flughöhe über Grund mit GPS vorläufig auf zweihundertfünfzig Meter.

Nach der endgültigen Zulassung und nach Erstellung von Flugvorschriften sowie dem Erwerb eines ›kleinen‹ Pilotenscheins, würden die Flugeinschränkungen teilweise entfallen.

Mit einer unabänderlichen Einschränkung: Nach dem Festlegen von Flugkorridoren über den Städten, konnte in diesen Bereichen nicht mehr beliebig von Hand geflogen werden. Ein über GPS gesteuerter Autopilot übernahm dann automatisch. Wenn jemand zu landen wünschte, gab er den Landeort per Sprache ein und der Autopilot nahm den nächstgelegenen, freigegebenen Landeplatz.

Zum Beispiel direkt vor einer Garage oder einem öffentlichen Abstellplatz. Innerhalb von Parkhäusern mussten später ortsfeste Computer installiert werden, um die Flugmobile zu freien Parkplätzen führen.

Bunte Werbebroschüren malten Bilder einer verheißungsvollen Zukunft!

Die Formel für die Antigravitation würde die Zukunft der Erde tiefgreifender als man es sich derzeit vorstellen konnte verändern!

Ab jetzt war nichts mehr, wie es bisher schien!

*

Nur wenige Stunden später reagierten viele zukünftige Käufer enttäuscht und wütend.

Vorläufig keine Auslieferung in Länder mit einer strengen Luftfahrtbehörde! Zulassung, Vorschriften, Flugschein ...

Bei Staaten mit einer autokratischen Regierungsform, egal, ob Königreich, Diktatur oder sonstigem, hieß es hingegen: Gerne nehmen wir ihre Bestellungen an!

Da achtmal tausend Flugmobile zur Auslieferung bereitstanden, wurde nach Zahlungseingang oder Barzahlung umgehend ausgeliefert, zumindest bis sich der momentane Vorrat erschöpfte.

Nach wenigen Stunden waren alle verkauft!

Herrscher und Autokraten schickten ihre Frachtflugzeuge inclusive Bargeld, um ja eines oder gar mehrere der begehrten Flugmobile zu ergattern. Da die ausgewählten Automobilhersteller auf verschiedene Konti-

nente verteilt fertigten, ergab sich eine Streuung der Flugautos. Genau wie erwünscht!

Niemand konnte sie mehr verschwinden lassen, der
Geist war aus der Flasche!

Laufend kamen weitere Flugmobile hinzu. Die Produk-
tion lief Tag und Nacht auf Hochtouren. Um sofort an
den Kunden gebracht zu werden. Die Lieferungen erfolg-
tem entsprechend dem Auftragseingang, allerdings,
zumindest am Anfang, limitiert auf zwei Einheiten pro
Besteller.

In den sogenannten demokratischen Staaten tobten die
Reichen und wurden bei ihren jeweiligen Volksvertretern
vorstellig. Was die Regierungen letztendlich bewog, ihre
Luftfahrtbehörden anzuweisen, umgehend eine allge-
meine Zulassung zu erteilen und Kurse für ›kleine Pilotenscheine‹ anzubieten. Was hieß, keinerlei Unterricht
und Prüfungen in Technik, sondern nur grundlegende
Schulungen in Flugregeln. Einfache, kostengünstige Peil-
sender in der Nähe kritischer Bereiche wie Flughäfen,
Sportstadien und so weiter arbeiteten auf einer Frequenz,
die von den Flugmobilen erfasst und ausgewertet wurden.
Ein Überfliegen dieser Bezirke war nicht möglich.

Ausgedehntere Flugverbotszonen konnten über GPS
ausgewiesen werden. Das TCAS und das Näherungsradar
funktionierten hervorragend! Es gab auch nach Tagen
noch keinen Unfall!

Alles im grünen Bereich!

Oder doch nicht?

*

Ranghohe Militärs und die Chefs der Geheimdienste standen blamiert da.

Von den umwälzenden Neuerungen, den Schwerkraftabsorbern oder der künstlichen Schwerkraft bekamen sie bisher nichts mit!

Selbstverständlich hätten sie am Liebsten alle Unterlagen und Geräte beschlagnahmt und aus angeblichen Gründen der Staatssicherheit für streng geheim erklärt.

Anwendung ausschließlich militärischen Zwecken vorbehalten!

Hektische Sitzungen, Kopf- und Planlosigkeit wohin man sah.

Als sie offiziell bei den Herstellern nachfragten, welche Einsatzmöglichkeiten für die Streitkräfte vorstellbar seien, lachte man sie aus! Man gab ihnen alle Unterlagen mit dem Hinweis, dass für deren schwere und große Produkte diese Technik nicht geeignet sei.

Aber sie könnten gerne alles selbst nachrechnen und weiterentwickeln. Sie hätten nichts dagegen, später fliegende Transporter und Busse liefern zu können.

Düpiert zogen sie ab. Der alte Spruch: Wer zu spät kommt, den bestraft das Leben, traf auf sie voll zu.

Ihre eigenen Labors?

Abhöreinrichtungen und Spionageausrüstungen vom Feinsten!

Alles was des Agenten Herz begehrt. Quanten- oder Atomphysik hingegen? Null Komma null!

Sie sollten es doch bitteschön bei den Kernforschern mit ihren Teilchenbeschleunigern versuchen. Für die musste die frei im Netz verfügbare Formel für Gravitation eine spannende Aufgabe sein!

*

Wie erwartet, tauchten die Geheimdienste aller Art auch bei der PARC auf.

Freimütig zeigten sie jedem Besucher ihre Forschungs- und Entwicklungslabors, genauso so wie die inzwischen einem anderen Zweck zugeführten Hallen für die Fertigung der Labormuster und Prototypen.

Schwebeplattformen huschten durch die Räume, zudem flogen Gebilde durch die Luft, deren Sinn man nicht auf Anhieb erraten konnte.

»Wir erproben neuartige Anwendungen im Transportwesen, führen Sicherheitstests durch und bereiten uns auf weitere Zulassungen vor. Die Flugmobile sind zwar durch die doppelte Ausführung der kritischen Einheiten sicher, aber Ausfall-Simulationen haben gezeigt, dass doch noch ein Restrisiko besteht.

Die Antigraveinheit wird zukünftig dreifach vorhanden sein.

Leider ist die Software für die dafür notwendige Kontrolleinheit umfangreicher als gedacht. Sobald sie geht und alle Tests abgeschlossen sind, geben wir die Unterlagen an die Hersteller weiter. Kostenlos!«

Herr Davies deutete in eine Ecke, wo zwei schwer beschädigte Luftmobile lagen.

»Wenn beide Antigraveinheiten ausfallen, reichen die bisherigen Propellerchen nicht aus, um sie in der Luft zu halten!«

Nachdem sie alle Fragen erschöpfend beantworteten, verabschiedeten sich die jeweiligen Besucher zufrieden.

Hier gab es nichts für ihre Anwendungen Verwertbares zu finden.

Und da sie die zentralen Forschungseinrichtungen nicht zu Gesicht bekamen ...

*

Die Aussicht von der Terrasse des kleinen Lokals war herrlich!

Werktags gab es genügend freie Plätze.

Im Halbschatten sitzend, zwei Vesperbrettchen und zwei Gläser Wein vor sich, so ließ es sich aushalten.

Während Andrea einen leichten, kühlen Weißwein bevorzugte, genoss er einen vollmundigen roten Spätburgunder, Beerenauslese!

Zum-wer-weiß-wievielten-Male immer die gleiche Diskussion führend:

Wer waren sie? Woher kamen sie? Von wann kamen sie?

Am wahrscheinlichsten schien es ihnen, dass sie aus der Zukunft stammten und hier strandeten. Eine grundlegende Regel besagte eindeutig: Die Vergangenheit lässt sich nicht ändern! Soweit feststellbar, gelangten sie gleichzeitig hier an, was auch immer ›hier‹ bedeutete. In dem Moment ihrer Ankunft verließen sie ihre bisherige

Zeitlinie und schufen eine weitere eigene Zukunft! Eine Rückkehr gab es nicht mehr!

Trotzdem ...

Sie hätten gar zu gerne gewusst, woher sie kamen und warum!

Schade, sie würden es nie erfahren!

*

Mit einer derartigen Nachfrage nach den Flugmobilen hatte er nie gerechnet!

Die Firmen wurden mit E-Mails zugestopft, die Inhaber bedroht, die Verkäufer massiv angegangen, Lieferungen überfallen, eine einzige Katastrophe!

In einer Videokonferenz mit den acht Autofirmen einigten sie sich auf einen Ausweg.

In allen überregionalen Zeitungen erschien eine Anzeige.

›Liebe Kunden! Die Nachfrage nach Flugmobilen übertrifft bei Weitem unsere Kapazitäten! Die Firma PARC, welche diese entwickelt hat, ist bereit, jeder Automobilfirma eine Lizenz zu den gleichen Konditionen wie wir sie besitzen, zu erteilen! Wir erwarten daher, dass sich die Lieferengpässe in Kürze entspannen. Danke für ihr Verständnis!‹

Kaum zu glauben, wie viele Autohersteller es weltweit gab!

Einige schluckten verzweifelt, als sie die Höhe der Lizenzgebühren erfuhren. Aber in einem blieb die PARC knallhart: Lizenzabgabe nur gegen bar oder bestätigter

Eingang auf ihrem Konto. Wie und woher die Automobilhersteller das Geld bekamen, war deren Sache.

Neuerdings kamen auch die Lieferanten von Fertigungseinrichtungen und den speziell benötigten Messgeräten in Bedrängnis. Was die bisherigen Hersteller von Flugmobilen zufrieden zur Kenntnis nahmen. Bis die Konkurrenz soweit war, hatten sich ihre Investitionen längst amortisiert und sie fuhren Kräftige Gewinne ein.

Immerhin beruhigten sich die Gemüter zukünftiger Kunden, wenn auch langsam, ein wenig.

Was bedeutet, die PARC konnte endlich wieder in Ruhe arbeiten und forschen.

*

In letzter Zeit tauchte er nur noch selten bei ›Chez Charlie‹ auf.

Da er die Pachtzahlungen großzügig erhöhte, blieben ›seine‹ zwei Sitzplätze weiterhin reserviert.

Seit ein paar Tagen kam er wieder allabendlich vorbei, wie gewohnt DIN-A4 Seiten vollzuschreiben.

In den letzten Visionen erfasste er Bruchstücke zum Thema Fusionsgenerator. Und zeichnete es spielerisch neben seinen Drinks auf.

Andrea? Seit der spontanen Episode in der Sauna trafen sie sich wie bisher privat wenig. Ab und an in netten Lokalen, aber ohne Körperkontakt.

Überrascht sah er auf! Andrea hatte sich zu ihm gesetzt! Kaum dass sie einen Cocktail bestellte, mit im anstieß, fasste sie ungefragt nach seinen Notizen. Danach war sie eine lange Zeit nicht mehr ansprechbar!

Wiederum ergänzte sie die Skizzen mit einem roten Stift.

Dennoch blieben, wie er zufrieden feststellte, einige Lücken übrig!

Allwissend war auch sie nicht! Als er seinerseits nach dem Blatt griff - immerhin gehörte es ihm! - gab sie es nur zögernd zurück.

Ohne eine Miene zu verziehen, faltete er es zusammen und steckte es kommentarlos ein.

Sie wirkte enttäuscht und sah ihn vorwurfsvoll an, was er nicht beachtete. Sein Glas erhebend, meinte er nur:

»Auf dein Wohl, Andrea!«

Notgedrungen nahm sie ihr Glas ebenfalls zur Hand und stieß mit ihm an.

Ein Blick auf ihre Armbanduhr:

»Oh, entschuldige mich, ich muss noch einen wichtigen Termin wahrnehmen!«

Fein, die war er los! Und an den Barkeeper: »Joe, bitte noch inen Mai Tai, danke!«

*

Zu Andreas Enttäuschung kam er nicht mehr auf das Dokument zurück.

Am nächsten Tag holte er den Leiter des Teams Queck-silber in sein Büro. Ohne sie! Andererseits, Robert konnte tun und lassen, was er wollte. Er war niemandem Rechenschaft schuldig!

Die Rundrufanlage meldete sich. Der Stimme nach war es Roberts Sekretärin.

»Achtung, Achtung! Alle Mitarbeiter, außer dem Wachpersonal, werden gebeten, um vierzehn Uhr an einer außerordentlichen Betriebsversammlung teilzunehmen! Danke!«

Was war denn jetzt schon wieder los? Dem aufgeregten Getuschel rundum nach zu schließen, schien niemand zu wissen, um was es ging.

Wie auch immer, sie würden es bald erfahren!

*

Ernst sah er in die ihn gespannt ansehenden Gesichter.

»Meine Damen und Herren, bitte hören Sie mir bis zum Schluss zu. Danach stehe ich ihnen gerne für Fragen zur Verfügung!«

Für einen kurzen Moment unterbrach er sich, einen Schluck Wasser zu sich nehmend.

»Ab Montag, also in fünf Tagen, wird die Firma für sechs Monate geschlossen! Sichern Sie rechtzeitig alle Daten und bringen Sie ihre Unterlagen in ihren Schreibtischen oder Aktenschränken unter. Keine Papiere herumliegen lassen!«

Erneut trank er.

»Für Sie bedeutet das ein halbes Jahr Urlaub. Sie erhalten ab sofort ein doppeltes Gehalt und zusätzlich einmalig zehntausend Dollar Urlaubsgeld. Während dieser Zeit ist ein Betreten des Unternehmens - dies gilt ohne Ausnahmen! - nicht gestattet!«

Völlig überrascht, konsterniert und fassungslos, sahen ihn alle an.

»Alle Arbeitsplätze lagern wir vorübergehend in die Unterirdische Sonderabteilung ein. Die Gebäude, in denen wir uns derzeit aufhalten, werden abgerissen und durch geeignetere, bestmöglich auf unsere Belange zugeschnittene, ersetzt. Das bisherige Kernzentrum wird anschließend aufgegeben. Kein Tunnel mehr, kein künstliches Tageslicht! Kein Versteckspielen! Nach außen hin stellen wir dann ein offenes, branchenübliches Unternehmen dar! Die Kantine wird zentral angeordnet und erweitert. Zur Erholung werden unter anderem ein Hallenbad, selbstverständlich mit Sauna, sowie ein Schwimmbecken im Freien zu ihrer Verfügung stehen. Ein renommiertes Architekturbüro, das auch die Bauüberwachung übernimmt, hat ein Video erstellt, der das zukünftige Aussehen zeigt. Die Baugenehmigung und Baufreigabe sind erfolgt und die meisten Fertigbauteile bereits in Arbeit. Die Architekten sahen sich vorab in dem unterirdischen Bereich um und berücksichtigten die bisherigen Anforderungen in Ihren Plänen. Bitte, sehen Sie sich jetzt das Video an. Danke!«

Langsam erlosch das Licht. Gebannt betrachteten sie die vor ihnen auf einem Großbildschirm ablaufende Aufzeichnung. Minute um Minute verging. Niemand sprach, außer dem Kommentator des Architekturbüros.

Die ersten bisherigen baulichen Anlagen verschwanden und machten einer grünen Wiese Platz. Baugruben mit erheblichen Ausmaßen, verbunden mit Gräben für Versorgung und Entsorgung, wurden ausgeschachtet. Fundamente entstanden, darüber Stockwerk um Stockwerk. Die Gebäude nahmen immer mehr Konturen an. Begrünte Außenfassaden zwischen goldgetöntem Glas.

Dann die Innenräume ...

Geräumig, durch Entfernen oder Hinzufügen von Zwischenwänden flexibel einrichtbar.

Eines der Bauwerke wies die zwei unteren Etagen als Reinräume samt den zugehörigen klimatechnischen Anlagen aus.

Büros, Werkstätten, Erfrischungsecken und, und ...

Die Außenanlagen? Allererste Sahne!

Als es wieder hell wurde, herrschte einen Moment absolute Stille. Kurz darauf kamen erregte Diskussionen auf.

Er klopfte an, sein Glas.

Es dauert einen Augenblick, ehe Ruhe eintrat.

»Eines ist nicht festgelegt. Ich ersuche Euch, nach eurem Urlaub, alles in Ruhe anzuschauen. Danach legt Ihr selbst gemeinsam fest, wer seinen Arbeitsplatz wo einrichten möchte. Es gibt keine Vorgaben. Bitte, stellen sie jetzt ihre Fragen!«

Dr. Müller erhob sich.

»Dieser komplette Neubau kostet Zeit und erfordert erhebliche finanzielle Mittel. So etwas geschieht nicht ohne triftigen Grund!«

»Ja, Thorsten, sie haben recht! Auf meinen Auftrag hin überprüften Geologen und Tunnelbauingenieure unsere unterirdische Halle. Vor einem Jahr bemerkte ich erste Risse im umgebenden Gestein! Um es kurz zu machen, in spätestens zwei Jahren fällt uns sozusagen die Decke auf den Kopf. Wenn die Höhlung leergeräumt ist, begradigen und verbreitern wir den Zugangstunnel, so dass schwere Baufahrzeuge problemlos Passieren können. Danach wird, wie zum Beispiel bei Untergrundbahnröhren, ein Stahlskelett eingezogen. Dazwischen fügen wir Matten aus Baustahl ein und verfüllen alles mit wasserfestem Beton. Angeblich hält das mindestens siebzig Jahre. Wie es nach dieser Zeit weitergeht, ist nicht mehr unser Problem. In den Höhlengrund werden Stahlträger eingebracht, die gesamte Grundfläche danach ebenfalls mit Stahlbeton ausgegossen. Darauf errichten wie vollautomatisch befüllbare Hochregale. Menschen müssen nur zu regelmäßigen Wartungsarbeiten die Halle betreten!

Noch weitere Fragen?«

Nein, sie hatten keine Anliegen mehr. Zuerst mussten sie das Gehörte verarbeiten.

*

Am nächsten Tag stand Andrea auf der Matte. Sie wollte unbedingt weiterarbeiten!

Keine Sanitäranlagen, keine Kantine, keine Stromversorgung, kein Rechenzentrum mit Datensicherung. Und kein Raum!

Knallhart lehnte er ihre Forderung ab! Nicht die geringsteAusnahme. Vom Wachpersonal abgesehen.

Wütend zog sie ab. Doch damit konnte sie ihn nicht beeindrucken.

Andere versuchten es erst gar nicht, sondern räumten brav auf.

Am Freitagabend schloss er das Eingangstor zum Unternehmen ab. Am Montag kamen die Bagger. In sechs Monaten, nach dem Umzug in die neuen Gebäude, wenn die unterirdische Halle leer stand, würden erneut schwere Baumaschinen anrücken und den Tunnel umgestalten. Und die Höhle!

*

Die Welt geriet teilweise aus den Fugen.

Mit den stetig verbesserten Produktionsabläufen der Luftmobile verfiel deren Kaufpreis. Die fliegenden Autos entwickelten sich vom Luxusobjekt hin zum Massenprodukt. Bisherige Fahrzeuge mit Verbrennermotoren lagen alsbald unverkäuflich auf Halde.

SUVs? Wozu benötigte man die noch? Benzin oder Dieselkraftstoff? Nur noch für LKWs. Die meisten Tankstellen und Treibstoffhersteller gingen in Konkurs. Motoren und Getriebehersteller ebenfalls.

Noch schlimmer: Den Ölförderländern brachen die Einnahmen weg! Reiche und Superreiche mussten dort zur Kasse gebeten werden.

Vorübergehend stieg die Kriminalitätsrate an. Drogenbarone brachten mit fliegenden Kurieren das Rauschgift unbehelligt von den Polizeibehörden an den Bestimmungsort. Erste intelligente Regierungen schlugen zurück und hoben das Verbot von Drogen auf und warfen sie billigst selbst auf den Markt. Die Preise stürzten ins Bodenlose. Weitere Staaten folgten diesem Beispiel. Die

Macht der Kartelle, einzig und allein auf Geld basierend, zerfiel.

Rebellengruppen zerstreuten sich und tauchten in der Menge der andern Flugmobile unter, kamen aber zu Kampfaktionen blitzschnell wieder zusammen. Gegen solche Taktiken zeigten sich die Militärs weitgehend machtlos! Es gab keinen örtlich festumrissen Feind zu bekämpfen.

Politisch ergaben sich genauso umwälzende Ereignisse.

Staatsgrenzen waren urplötzlich für den Personenverkehr überflüssig, niemand war in der Lage sie zu kontrollieren, denn die Menschen flogen wo und wie sie wollten darüber hinweg.

Diktaturen zerbrachen, Krisengebiete änderten sich.

Flüchtlinge, durch keinerlei Mauern oder Grenzzäune aufgehalten, ergossen sich in Massen illegal in ihre Wunschländer.

Hilfsorganisationen brachten Lebensmittel direkt zu den Hungernden, ohne dass sich Unbeteiligte bereichern konnten.

Hilflose Politiker, hämische Zeitungskommentare von Reportern, welche sowieso alles besser wussten.

Es würde viel Zeit brauchen, das Chaos wieder in erträgliche Bahnen zu lenken!

*

Ihn störte es nicht. Im Gegenteil!

Seine nächste Entwicklung, dessen war er sich sicher, zog garantiert weitere dramatische Veränderungen nach sich.

Der Umbau der PARC ging planmäßig voran. Die Bauarbeiten lagen terminlich gegenüber dem Zeitplan um zwei Wochen voraus.

Was bedeutet, dass in einem Monat der Einzug in die neuerbauten Räumer erfolgen konnte.

Fast jeden Abend saß er wieder bei ›Chez Charlie‹, Berechnungen und Skizzen erstellend. Diesmal ließ er keine liegen, sondern nahm sie mit sich. Die Barkeeper bemerkten, dass er in letzter Zeit einen Tablet PC dabei hatte und diesen intensiv nutzte.

Im Stillen fragten sie sich, was er Neues ausbrütete. Beim Servieren der Drinks schauten sie stets auf den Bildschirm, aber die kryptischen Zeichen und Skizzen verstanden sie nicht.

Er bemerkte die interessierten Blicke genau. Aber er gab hierzu keinerlei Erklärungen ab.

Noch ein letzter Tequila Sunrise ...

*

Fünf Tage hatte es gedauert, aber auch der längste Umzug ging vorüber.

Die modernen Gebäude waren bezogen, die Arbeitsplätze wieder voll in Betrieb. Alle Angestellten kamen nach ihrem ›Zwangsurlaub‹ vollzählig zurück, richteten sich ein und nahmen Ihre abgebrochene Arbeit erneut auf.

Die flexibel ausgelegten Räume erwiesen sich als Volltreffer.

Fein, sehr fein!

Innerlich rieb er sich zufrieden die Hände.

Am zweiten Tag nach dem Umzug rief er die mit ihm noch immer mit ihm leicht beleidigte Andrea sowie Torsten, den Chefphysiker zu sich. Vor ihnen, auf dem Tisch stand ein Gebilde aus vier Stahlstäben, in der Mitte in einem Winkel von rund einhundertundzwanzig Grad zusammengeschweißt.

Die Stabenden bildeten die Ecken eines Tetraeders.

Ohne lange Einleitung kam er zur Sache.

»Die Form unseres Antigravfeldes ist eine langgezogene Rotationsellipse. Die Linie zwischen den Brennpunkten liegt flach‹ auf der Erdoberfläche, genauer, sie schneidet das sie umgebende Erdgravitationsfeld in einem Neunziggradwinkel.

Nehmen Sie vier Ellipsen und stecken sie, rein bildlich gesehen, auf die Stäbe, und zwar so weit ineinander, dass vier Ellipsenbrennpunkte zusammentreffen. Mit dieser Anordnung entfallen die bisherigen Grenzen bezüglich der Massen, welche schwerelos zu machen sind. Lastwagen, Busse, Panzer, Spaceshuttles bis hin zu Raumschiffen, was auch immer man sich Vorstellen kann, wird gegenüber äußeren Schwerkraftfeldern vollständig abgeschirmt!«

Fassungslos schauten seine Besucher auf die vier unscheinbaren Stahlstäbe.

»Andrea, bitte überprüfen und simulieren Sie das Gebilde mathematisch. Sie, Torsten, versuchen, ob diese

Feldanordnung sich realisieren lässt und das gewünschte Verhalten zeigt! Danke!«

*

Vier Wochen später.

Eine mehrere Zentimeter dicke Eisenplatte, auf sechs stabilen Stützen stehend, etwa einen Meter hoch. Darunter ein schwarzer Kasten, und obendrauf ...

Ein schwerer, ausgedienter Kampfpanzer, ausgeliehen von einem Militariasammler!

Andrea schaute zu, wie Torsten mit einer Fernsteuerung die Anordnung samt Panzer vorsichtig drei Handbreit in die Luft steigen ließ! Sie hatten es geschafft!

»Andrea?«

Diese nickte und erklärte.

»Die Berechnungen und Simulationen zeigen, dass die vier synchron einstellbaren Feldgrößen, sofern man genügend Energie aufbringt, alle Massen, gleichgültig wie groß sie ausfallen, sicher schwerelos machen! Flughöhe aus Sicherheitsgründen maximal Dreißig Zentimeter!«

Er zeigte sich sehr befriedigt.

»Danke! Ich bin mit euren Leistungen überaus zufrieden! Nächste Woche laden wir unsere damaligen ersten acht Kunden zu einer Feier anlässlich der neuen Werksgebäude ein! Zum Nachtisch stoßen wir auf die Firma an. In diesem Moment steuert Torsten den fliegenden Panzer aus der Halle vor die Kantine!«

Er lachte.

»Jetzt zu Ihnen, Andrea. Kurz vor den Werksferien zeigte ich Ihnen einige Blätter mit Skizzen und Formeln. Ich ging absichtlich nicht weiter darauf ein, da der Umbau Priorität eins besaß. Ab sofort steht dieses Projekt an erster Stelle! Wir besprechen das morgen Nachmittag! Danke!«

Auch wenn sie vor Neugier beinahe platzte, er ließ sich nicht erweichen, irgendwelche Auskünfte zu geben und vertröstete sie auf Morgen.

*

Die Feier war ein absoluter Erfolg! Wie in der Einladung erwünscht, kamen die Geschäftsführer mit Ihren Entwicklungsleitern. Gerüchtehalber sollte außer der Einweihung der modernisierten Firma zugleich eine weitere Entwicklung vorgestellt werden!

Herr Davies hob sein Glas.

»Liebe Gäste. Im Namen von PARC bedanke ich mich für die ausgezeichnete Zusammenarbeit mit ihren Firmen. Wir wollen weiterhin gemeinsam mit Ihnen arbeiten und bieten, ausschließlich für Sie, eine kostenlose Lizenz unseres aktuellen Produktes an!«

Ein kurze Pause einlegend, er genoss ersichtlich die Aufmerksamkeit, um lächelnd fortzufahren:

»Bitte wenden Sie sich um und sehen Sie selbst!«

Den Besuchern blieb vor Verblüffung die Sprache im Hals stecken.

Ein Panzer schwebte auf sie zu!

»Wir lösten das bisherige Problem mit der begrenzten Last! Ab sofort können wir Busse, Lastwagen oder was auch immer herstellen. Zu Ende ist es mit LKWs, welche im Himalaya oder in den Anden in Schluchten stürzen. Für zivile Anwendungen in Städten oder über einigermaßen ebenem Gelände, sollte die maximale Flughöhe aus Sicherheitsgründen fünfzig Zentimeter über dem Grund nicht überschreiten. Aber das liegt in ihrem Ermessen! Mit einer speziellen Programmierung sind ab sofort selbst entlegene Gebirgsdörfer problemlos und vor allem sehr schnell erreichbar. Tagelanges Fahren übers kaum befestigte Schotterpisten, immer am Abgrund entlang, können zukünftig Entfallen! Bitte sehen Sie noch ein kurzes Video an, danach stehen ihnen Frau Dr. Andrea Liehl und Herr Dr. Torsten Müller für ihre Fragen zur Verfügung! Danke!«

Es gab anschließend noch lange Diskussionen. Am Ende verabschiedeten sich alle zufrieden, mit einem dicken Stapel an Unterlagen.

Ohne zu ahnen, welche Schwierigkeiten noch auf sie zukamen!

*

Nachdem erste Busse und LKWs von den Bändern rollten, wachten auch die Militärs auf. Wiederum viel zu spät, um das aktuelle Wissen noch zu unterdrücken.

Die Entwickler und Hersteller von privaten und staatlichen Raumfahrzeugen erhielten die Unterlagen und Lizenzen, zweckgebunden für ihre Bedarfe, kostenlos!

Worauf nur noch eine Frage im Raum stand: Welches Touristikunternehmen errichtet das erste Hotel auf wem Mond?

Bei einer Fluggeschwindigkeit im All von zehntausend Stundenkilometern, in bequemen Shuttles mit eigener Schwerkraft, in dreißig Stunden erreichbar. Die Luftfahrtbehörden drehten durch.

Pilotenscheine? Wozu? Jeder flog los, wohin auch immer. Manche Drittländer verlangten zumindest eine sogenannte vereinfachte Pilotenprüfung. Wer Links, Rechts, oben und unten unterscheiden konnte, erhielt gegen Geld jede gewünschte Lizenz.

Alle verließen sich auf die Flug- und Antikollisionsautomatiken.

Typfreigabe der Fluggeräte? Eine Bestätigung, dass alle vorgeschriebenen Sicherheitseinrichtungen eingebaut und geprüft waren, genügte für die vorläufige Zulassung. Was anscheinend voll ausreichte, denn bisher ereigneten sich nach wie vor keine Unfälle.

Das Chaos am Himmel nahm allerdings drastisch zu. Die zuständigen Flugbehörden saßen umgehend an einem Tisch. Aber die endlosen Diskussionen verliefen im Sand.

Der internationale Flugverkehr musste eingestellt werden!

Rücksichtslos kreuzten die Piloten der Flugmobile die Flugkorridore der Linienmaschinen! Es gab nur eines, überall in sensiblen Bereichen die automatische Übernahme der Mobile durch am Boden stationierte Leitrechner.

Die gab es jedoch noch nicht, genauso wenig wie die benötigte Software.

Und Vorgaben bezüglich Flughöhen und Geschwindigkeiten?

Woher auch? Jeder Behörde besaß eigene Vorstellungen.

Dieses Chaos in den Griff zu bekommen? Eine Herkulesarbeit!

*

Eines hatte sich herumgesprochen: Aus der ehemals als ›Spinner‹ abgetanen PARC war eine weltweit führende Ideenschmiede geworden!

Niemand konnte es sich mehr leisten, einer Einladung fernzubleiben! Zumal diese stets zielgerichtet erfolgten. Handverlesene Besucher sozusagen.

Vor ihm saßen Fachleute von Eurocontrol, die europäische Organisation zur Sicherung der Luftfahrt, sowie Reporter der renommiertesten internationalen Magazine. Drei Pulte. Er stand am Mittleren.

Mit wohlwollendem Blick überflog er die ihn erwartungsvoll ansehenden Gäste.

»Meine Damen und Herren, wir haben Sie eingeladen, um über ein derzeit drängendes Problem zu reden: der chaotische Zustand des Luftraumes! Jedes Flugmobil, ausnahmslos jedes, ist mit TCAS, dem Traffic Alert and Collision Avoidance System ausgerüstet! Was unserer Meinung nach bisher nicht bekannt ist, dass dieses verschiedene, nicht abschaltbare Sonderfunktionen enthält. Jeglicher Versuch eines Eingriffs macht das Mobil sofort auf Dauer unbrauchbar! Das TCAS hat einen GPS-Empfänger. Bei GPS-Störung oder Ausfall wird automatische eine Notlandung eingeleitet. Um eine Kollision zu vermeiden, besitzt das TCAS sowohl einen Sender als auch einen Empfänger. Wie bereits gesagt, nicht abschaltbar! Ein spezieller Mikrowellenempfänger, beispielsweise auf einem Hausdach angebracht, erfasst alle Flugmobile in einem Umkreis von über dreißig Kilometern! Aus den GPS-Daten errechnet das TCAS laufend Höhe, Kurs und Geschwindigkeit und sendet diese Werte ununterbrochen, versehen mit der Kennung des Flugmobils. Auf unserem Gebäude stehen zwei Empfänger mit einem Antennen-Array. Das besteht aus matrixförmig angeordneten Einzelantennen, die zu einem Mehrantennensystem oder einer Smart-Antenne zusammengeschaltet sind. Bitte sehen Sie jetzt auf den Bildschirm hinter mir!«

Da sah man nichts! Herr Davies lächelte und drückte deutlich sichtbar auf eine rot leuchtende Taste auf seinem Pult.

Im nächsten Moment erschienen unzählige Zahlenwerte, exakt dem gewohnten Abbild auf den bisherigen Radarbildschirmen der Fluglotsen entsprechend.

»Wie sie sehen, geht es ohne Radar. GPS genügt. Unser TCAS ist auch ein perfekter Transponder! Aber das allein bringt nicht viel. Wir teilten deshalb den Luftraum über uns zu Testzwecken in vier Luftkorridore, Nord, Ost, Süd uns West ein. Wenn ich nun den gelben Knopf drücke, bekommen alle diese Piloten jetzt den Schock ihres Lebens!«

Langsam senkte sich sein Daumen auf die Taste.

Eine freundliche Stimme meldete:

»An Flugmobilführer! Sie flogen soeben in einen automatisch überwachten Luftraum ein! Ihr Flugmobil wird entsprechen ihrem bisherigen Kurs einem Luftkorridor zugeteilt! Vor Ihnen leuchtet eine grüne Taste auf. Wenn Sie diese drücken, können Sie per Spracheingabe ihr Ziel nennen. Bitte sprechen Sie laut und deutlich! Liegt ihr Bestimmungsort außerhalb des kontrollierten Gebietes, erhalten Sie die manuelle Steuerung rechtzeitig wieder zurück. Wir danken für ihr Verständnis!«

Fassungslos sahen alle auf den Bildschirm.

In einer dreidimensionalen Darstellung verfolgten sie, wie sich die Flugmobile innerhalb einer Minute in die Flugebenen einreihten. Aus Chaos wurde Ordnung!

Herr Davies griff wieder zum Mikrofon.

»Meine Damen und Herren! Wir vergeben kostenlos Lizenzen unserer Software. Sie können beliebig viele Flugkorridore nach eigenem Ermessen einrichten. Die Anzahl der zu überwachenden und zu steuernden Objekte hängt einzig von der Leistung ihrer Rechner ab. Was die stationären Sende- und Empfangsanlagen betrifft, geben wir tausend Stück zum Herstellungspreis ab! Die weitere Fertigung übernimmt die Firma Oliver Hartung, ein ehemaliger Mitarbeiter. Ordnen sie die Sendeempfänger zu Zellen wie beim Mobilfunknetz an und verknüpfen sie die Einheiten per Computer! Das ergibt ein durchgehendes Ground-Control-Net, welches die Flugmobile erfasst und steuert! Ohne Radar und ohne zusätzliche Fluglotsen. Zwei oder drei Zentralen mit technischem Personal genügen, um die Funktion des Netzes zu überwachen. Sie müssen, wie bereits erwähnt, nur noch die Flugkorridore einrichten und gegenseitig anpassen!«

Einer der Reporter hob die Hand.

»Ja, bitte?«

»Dies ist eine perfekte Überwachung! Sie wissen jederzeit, wo sich ein Flugmobil befindet!«

»Richtig! Es geht wie bei einem Handy! Ist ihr Mobiltelefon in Betrieb, ist ihr Gerät genauso leicht ortbar. Aber hier geht es nur im Bereich von Bodenstationen. Außerhalb ist eine Lokalisierung keinesfalls möglich. TCAS strahlt die Kennung nur nach unten ab und kann daher von Satelliten nicht empfangen werden!«

»Herr Davies, bitte beschreiben Sie, wie ...!«

Die Fragen nahmen kein Ende, aber da Frau Dr. Liehl und Dr. Müller neben ihm an die beiden freien Pulte herantraten und einen Teil der Erkundigungen fachspezifisch beantworteten, kam kein Stress auf.

Nach einer Stunde beendete Herr Davies die Befragung.

»Bitte verstehen Sie, dass wir uns in diesem Rahmen nicht zu jedem technischen Detail äußern können. Am Ausgang liegen Handbücher für Sie bereit, die auch DVDs mit Videoanleitungen sowie dem Quellcode der Software enthalten. Wir bieten darüber hinaus eine kostenlose Schulung zum Einrichten der Flugkorridore an! Danke!«

*

Die Firma ›Hartung-Elektronik‹ florierte. Selbst fünf vollautomatische Fertigungslinien konnten den Bedarf an

Sendeempfängern noch lange nicht decken. Kurz bevor Herr Hartung die PARC kennenlernte, stand er praktisch vor dem Ruin.

Doch jetzt?

Seine ehemaligen Konkurrenten und Patentverletzer von früher?

Wie von Herrn Davies versprochen, rollten dessen Rechtsanwälte mit nahezu unbegrenzten Mitteln die Fälle neu auf. Dann, nach der Befriedigung der Lizenzgebühren und Schadensersatzforderungen gingen sie in Konkurs. Unter dem Schutz der PARC stehend legte sich seitdem niemand mehr mit ›Hartung-Elektronik‹ an.

*

Ein Ausflugslokal erster Klasse, hoch oben im Schwarzwald. Ein ausgezeichneter Wein zu einer Grillplatte mir ausgesucht leckeren Beilagen.

Regelmäßig, im Abstand einiger Wochen, trafen sie sich zu dritt bei einem gemütlichen Abendessen.

»Du brauchst Dich nicht zu bedanken Oliver! Im Gegensatz zu euch beiden, hat man mich lediglich nicht ernstgenommen. Ihr hattet jedoch unter direkten Attacken zu leiden! Dennoch ist es gut so, wie es kam. Sonst hätte ich Andrea nie kennengelernt und sie hätte dich nicht bei ›Chez Charlie‹ getroffen. Neuerdings kommen sich Flugmobile und Linienflüge nicht mehr in die Quere. Die bisherigen Abstände der Flugkorridore konnten dank Fernsteuerung der Mobile auf fünfzehn Meter reduziert werden.«

94

Eine Minute widmete es seinem Essen.

»In den Städten sind die Straßen überwiegend Bussen und LKWs vorbehalten. Diese sind als Hybride gebaut. Aufgeteilt in zwei übereinanderliegende Ebenen. In der unteren ist ein Verbrennermotor mit einem Generator und Akkusatz. In den Drehgelenken sind Elektromotoren montiert. Das Gewicht der unteren Ebene sorgt dafür, dass ein ausreichender Reifenkontakt zur Straßenoberfläche hergestellt wird. Genügend um zu beschleunigen und abzubremsen. Der darüber liegende Teil ist schwerelos.«

Erneut legte er eine kurze Pause ein.

»Ideal bewähren sich derzeit die Spaceshuttles. Schwerelos, mit eigener Gravitation an Bord, benötigen Sie keine kostspieligen Trägerraketen mehr. Einmal für ein paar Sekunden Gas geben, hochziehen und ab geht es zur Raumstation. Die ist neuerdings ebenfalls mit künstlicher Schwerkraft ausgerüstet, alles in allem ein Kinderspiel. Oder gleich hoch zum Mond! Was schließt ihr daraus?«

Kurz sah er beide an und aß genussvoll weiter.

»Tut mir leid Robert! Ich komme nicht drauf. Was meinst Du?«

»Ganz einfach, Oliver! Elektromotoren in den Rädern.

Propellerchen an den Flugmobilen! Nur Kindergartenlösungen! Wir brauchen einen vernünftigen Antrieb!«

*

Er hatte sich geirrt!

Das Thema Antrieb drängte überhaupt nicht! Ob Frachtgiganten der Lüfte, Passagiermaschinen oder kleine Propellermaschinen.

Alle reduzieren am Beginn der Startbahn ihr Gewicht um neunzig Prozent, völlig hoben sie die Schwerkraft erst nach dem Start auf.

Dank der künstlichen Gravitation im Flugzeuginneren bemerkten die Insassen nichts davon. Die Landung? Einfacher ging's nicht!

Anfliegende Jets bremsten die Fahrt per Schubumkehr vor der Landebahn ab und sanken mit verringerter Schwerkraft-Absorption gemütlich auf die Piste.

Die bisher übelsten und weltweit gefährlichsten Landepisten konnten von nun an von jedem Piloten ohne Sonderschulungen angeflogen werden.

Und natürlich sank der Kerosinverbrauch immens.

Die ersten neuentwickelten Passagierflugzeuge gingen an den Start. Ab sofort genügten zwei Triebwerke mittlerer Leistung.

Hinzu kamen deutlich verkleinerte Tanks und verbreiterte Tragflächen zum besseren Manövrieren bei geringer Fahrt.

Das Ground Approach Radar? Kam der Pilot bei hoher Geschwindigkeit dem Boden zu nahe, stellte es den Schwerkraftabsorber auf hundert Prozent und zog die Flugzeugnase hoch.

Sehr schnell bemerkten die Piloten, dass das System auch sie selbst überwachte. Jedes Mal wenn sie zu tief flogen, ohne einen Landevorgang anzumelden, erfolgte eine Meldung an die jeweilige Airline-Zentrale. Drei derartige Berichte und der Pilot flog raus.

Was sich alsbald herumsprach und sehr schnell für mehr Flugdisziplin sorgte.

Was ihn zum Nachdenken bewog: Brauchte man die PARC überhaupt noch?

*

Leitende Angestellte, Teamleiter und Gruppenführer saßen am Runden Tisch‹.

»Meine Damen und Herren, gestatten Sie, dass ich mich für ihre geleistete Arbeit herzlich bedanke! Im Moment ist allerdings der Schwung ein wenig raus. Selbstverständlich verbessern und entwickeln Sie unsere bisherigen Erfindungen weiter und optimieren sie. Dennoch fehlt uns eine bahnbrechende Herausforderung! Etwas noch nie Dagewesenes! Deshalb gehe ich jetzt ein paar Schritte zurück. Wie heißen wir? Natürlich, was jeder von Ihnen weiß, ›Private Ancient Research Company‹. Was geschah mit dem Teil ›Ancient Research‹? Seit Oak Island ging es nicht mehr weiter, mit Ausnahmen dessen, dass wir die ausgegrabene Metalllegierung einsetzen. Das Team ›Quecksilber‹ hat einige bisher unbekannte Eigenschaften dieses Metalls entdeckt. Das Team ›Vimanas‹ hat überzeugende Hinweise auf deren Existenz gefunden. Zudem gibt es nicht einfach von der Hand zu weisende Berichte über fliegende Städte, wobei die Vimanas als Zubringershuttles fungierten. Bitte nehmen Sie die Themen wieder auf. Inwieweit kommt beispielsweise

Quecksilber als Treibstoff in Betracht? Wie verhält es sich, wenn wir es einer erhöhten Gravitation aussetzen, ich denke da an eine Fusion mit seltenen Erden und so weiter. Andrea bekommt zwei zusätzliche Quanten-computer, welche in den nächsten Tagen geliefert werden. Die Veden sind, soweit mir bekannt ist, alle übersetzt. Das Mahabharata nicht. Bitte übersetzen lassen und jegliche Schriften, Anregungen und Gedanken in die Computer eingeben. Einige Autoren aus dem Bereich der Prä-Astronautik nehmen die Legenden um die Vimanas als Beweis für eine technologisch weit fortgeschrittene Zivilisation in der Vergangenheit. Besorgt so viele Bücher dieser Art, wie es geht und speichert alles in den Rechnern. Die sollen nach Übereinstimmungen suchen. Geht nach Indien und sprecht mit Bibliothekaren oder mit Kloster-Mönchen. Egal was es kostet. Danke!«

Einen Moment sah er still vor sich hin.

Ach ja, bevor ich es vergesse: Bitte besuchen sie auch die verschiedenen Palmblattbibliotheken in Indien. Angeblich gibt es eine, welche die Lebensläufe aller Personen enthält, die jemals in diese Bibliothek kommen. Ich wünsche Ihnen viel Erfolg!«

*

Nach der Besprechung kam Andreas Frage in gelassenem Ton.

»Weshalb diese aufwändige und kostspielige Aktion mit Indien und den alten Legenden? Inzwischen kenne ich

98

Sie genau. Sie haben keinerlei Interesse an dem, was dabei herauskommt, stimmt's?«

Andrea hatte recht. Die Berichte interessierten ihn nicht die Bohne! Freundlich lächelnd gab er zur Antwort:

»Wir werden derzeit von allen Seiten beobachtet und bespitzelt. Wenn es dann so weit ist, sagen wir einfach, unser Fusionsreaktor basiert auf der Auswertung von uralten Erkenntnissen! Niemand kann uns das Gegenteil beweisen! Keiner wird auf den Gedanken kommen, dass wir teilweise, woher auch immer, Kenntnisse Besitzen, die nicht aus dieser Zeit stammen! Nichts als Vernebelungstaktik!«

Daran hatte sie nicht gedacht. Aber es stimmte, sie konnten die Herkunft ihres Wissensstandes bezüglich Fusionsgeneratoren ohne eine scheinbare Basis, und wenn sie noch so dünn war, nicht erklären.

Leicht besorgt betrachtete sie Robert. Er wirkte müde, wie ausgelaugt. Kein Wunder. Alle bekamen während der Bauphase mehr als ausreichend Urlaub. Er seit Jahren nicht! Aber eines war ihr bewusst, bei der ersten Andeutung würde er sich jegliche Einmischung in sein Privatleben, nicht zu Unrecht, vehement verbieten! Also ging es nur auf die indirekte Tour!

*

Rein zufällig‹ lag der Katalog eines bekannten Touristikunternehmens auf seinem Schreibtisch.

Traumhafter Urlaub in der Südsee! Glasklares Wasser, weiße Sandstrände ...!‹

Im ersten Augenblick war er versucht, alles wegzu-
werfen. Andererseits, warum nicht ein paar Tage Ferien
machen?

In letzter Zeit fühlte er sich erschöpft, müde und irgend-
wie einsam.

Keinen wirklichen Freund, mit dem er sich austauschen
konnte, keine Freundin!

Andrea? Sie hatte ihn damals überrumpelt. Seither ach-
tete er darauf, nie mehr mit ihr alleine zu sein. Nicht
bevor er sich über seine Gefühle zu ihr im Klaren war.

Und sie? Liebte sie ihn, oder war es, aus der Situation
heraus, lediglich ein Ausrutscher?

Einige Tage weg von de Firma, weg vom Alltag, ausspannen, erholen und nachdenken.

Aber in einer langweiligen Südseeumgebung? Nicht
sein Ding!

Also ließ er den Katalog liegen, nachdem er das Südsee-
paradies dick rot ankreuzte!

Und jetzt, nichts wie weg!

*

Mit dem Rücken zur Hauswand einer Taverne, an einem
runden Dreiertischchen sitzend, mit bester Aussicht über
den zwanzig Meter breiten Kai zu Meer.

So ließ es sich gut aushalten.

Bunte Fischerboote, sich im Wasser wiegend, Verkaufs-
stände, Frauen, Männer, Kinder, Hunde, ein vorbeitra-
bender Esel. Er genoss das farbenfrohe Treiben in der
kleinen griechischen Hafenstadt.

Weiß getünchte Häuser, im Halbkreis um die Meeresbucht stehend, ein malerisches Bild ergebend.

Gegrillter Fisch, frisches Gemüse und ein Krug kühler Weißwein. Das Leben war herrlich!

Er winkte Dimitrios den Kellner herbei.

»Noch einen Ouzo und bitte bezahlen!«

Nach dem Essen schlenderte er auf den Kai hinaus. In der Taverne hatte er sich im zweiten Stock ein Touristenzimmer genommen, wobei er dieses nur zum Schlafen benutzte. Am Ende des Kais befand sich ein Taxistand für Flugmobile. Von dort ließ er sich zu einem in der Nähe liegenden Sandstrand bringen, welcher den Vorteil von strohbedeckten Unterständen mit Liegestühlen bot.

Ja nicht einen Sonnenstich bekommen.

Gesättigt und müde ließ er sich in eine Liege fallen.

Wie schön war es doch hier. Keine Konferenzen, Besprechungen, Telefonate, keine andauernd störenden Anfragen und nervende Mitarbeiter.

Und hier? Nur das Rauschen des Meeres, ab und zu ein Lachen vom Strand, weit entfernte Stimmen ...

Er schlief ein.

*

Andrea wirkte völlig ratlos. Von wegen Südsee!

Sie hatte nicht die geringste Ahnung, wo Robert Urlaub machte!

Eigentlich ging es sie nichts an, aber sie gedachte, ihm einige Tage später nachzureisen. Sie liebte und begehrte ihn! Unter Südseepalmen, mit einem kühlen Drink, konnte sie ihm sicherlich näher kommen.

Frustriert saß sie bei ›Chez Charlie‹, ihren Kummer ertränkend.

»Hallo Frau Dr. Liehl! Wie gefällt es Herrn Davies in Griechenland? Das Fischerdorf ist in der Tat zu empfehlen. Ein Gast schlug es ihm neulich vor!«

Sie fühlte sich wie vor den Kopf geschlagen. Griechenland?

Darauf wäre sie nie im Leben gekommen.

»Wissen Sie, wie es heißt?«

»Aber ja, Haraki Strand auf Rhodos, dort ...!«

Sie legte einen großzügig ausgefallenen Schein auf den Tisch, bedankte sich kurz und verschwand umgehend.

Nervös kratzte sich der Kellner. Ob er zu viel ausgeplaudert hatte?

*

Eines musste sie zugeben. Haraki entpuppte sich als ein überaus entzückender Ort!

Ein breitkrempiger Sonnenhut, eine dunkle Brille, unauffällig gekleidet. So wie sie Robert einschätzte, dürfte er um diese Zeit an einem der Tischchen vor den Tavernen sitzen.

Aufmerksam beobachtend schritt sie den Kai entlang.

Volltreffer!

Unter einer Marquise, direkt an der Hauswand, an einem Dreiertischchen, saß Robert!

Mit abgewandtem Gesicht huschte sie in das Lokal. Sie ging auf den Wirt zu, legte den Finger auf den Mund.

»Haben Sie eine Flasche CAIR Brut aus Rhodos?«, flüsterte sie leise. Sie hatte sich vorher über griechische Schaumweine kundig gemacht. Der Gastwirt nickte.

»Bitte eine Flasche und zwei Gläser und stellen Sie diese dem einzelnen Herrn dort auf den Tisch!«

Sie zeigte durch das Fenster auf Robert. Andrea drückte dem Mann einen größeren Betrag zu. Das Wechselgeld wies sie zurück.

Der Gastwirt nickte verstehend. Während er die Flasche holte, die Gläser herrichtete, auf ein Serviertablett stellte, ging Sie hinaus.

In großem Bogen lief sie um Robert herum, sich dann von der dem Taverneneingang abgewandten Seite her leise anschleichend.

Dimitrios servierte den Sekt, derweil Robert überrascht dreinsah.

Ungeachtet des Protestes seines Gastes schenkte er lächelnd ein.

Sie setzte sich leise mit an den Tisch und ergriff ein Glas.

»Auf dein Wohl, Robert!«

Selten, dass der so dumm aus der Wäsche geschaut hatte.

»Ursprünglich wollte ich Dir in der Südsee unter Palmen sagen, dass ich Dich liebe! Aber ich glaube, hier ist es noch viel romantischer!«

Notgedrungen erhob er sein Glas und stieß mit ihr an.

Im nächsten Augenblick, kaum dass sie ihre Gläser abgestellt hatten, fiel sie ihm um den Hals, ihn intensiv küssend. Gerne erwiderte er ihren Kuss.

Als sie ihn wieder losließ, hatte Dimitrios derweil ein kleines Beistelltischen gebracht.

Auf dem Tisch vor ihnen standen zwei Teller mit Bestecken.

»Sie werden nach der Anreise sicherlich hungrig sein, Kyría mou! Wenn Sie gestatten, bringe ich das bestellte Essen zweimal?«

Sie nicht zustimmend und der Kellner verschwand.

»Ich liebe Dich auch, Andrea. Schon lange! Aber als dein Arbeitgeber durfte ich es Dir niemals sagen! Du hättest Dich genötigt fühlen können! Das Erlebnis in der Sauna irritierte mich. Da Du damals und auch später nicht von Liebe sprachst,« er sah sie tiefernst an, »ging ich von einem einmaligen, spontanem Zusammentreffen aus. Ich dachte ...!«

Er geriet ins Stottern.

Dimitrios trat heran, eine Platte mit gegrilltem Fisch, eine mit in Olivenöl angebratenem Gemüse und ein dritte mit Beilagen wie Tomatenreis und kleinen Kartoffeln abstellend.

Nicht zu vergessen ein wenig Gyros mit Tsatsiki. Dazu gab es noch griechischen Hirtensalat.

Andrea war entsetzt!

»Aber Robert! Wer soll denn das alles essen!«

»Wir nehmen uns viel Zeit. Fangen wir einfach an! Was mich interessiert, wie hast Du mich gefunden?«

Sie erzählte von ihrer Enttäuschung, weil sie ihn in der Südsee glaubte und dem Frust bei ›Chez Charlie‹. Sowie des Barkeepers harmlos gemeinte Frage, ob es ihm in Griechenland gefalle.

Woraufhin sie sofort loszog.

»Gut! Ein Punkt noch, Andrea. Wo ist dein Gepäck?«

»Am Abstellplatz der Flugmobile ist eine Gepäckaufbewahrung!«

»Dimitrios!« Er winkte den Kellner heran. »Sei bitte so nett und sende jemand zum Landeplatz. Er soll das Reisegepäck von Frau Dr. Liehl abholen. Danke!«

Eine Banknote wechselte den Besitzer. »Für den Boten!«

»Ach, übrigens, habt ihr noch ein Zimmer frei?«

»Leider nein, Herr Davies!«

»Auch recht! Bringt die Sachen der Dame bitte vorläufig in meinen Raum! Wir suchen später eine Unterkunft für Frau Dr. Liehl.«

»Du bewohnst nicht zufällig ein Doppelzimmer? Da könnte ich doch mit unterkommen?«

»In Ordnung! Da ich es nur zum Schlafen und Duschen, aber nicht zum Wohnen nutze, geht es problemlos. Nachher fliegen wir zu einem Strand mit winzigen Bungalows - einer ist stets für mich reserviert - und einem zentralen Kiosk. Snacks, Getränke sowie ausgezeichnete Cocktails. Dort nehmen wir zuerst einen Drink ein und anschließend ist Ausruhen angesagt! Du wirst von der Reise müde sein. Zudem ist ein Verdauungsschläfchen sicherlich nicht verkehrt! Einverstanden?«

Zustimmend nickte sie.

Nach dem ausgezeichneten, wenn auch zu üppig ausgefallenem Mahl, drückte er unauffällig Dimitrios einen Geldschein in die Hand.

Der strahlte, und rief ein Flugmobil herbei.

Langsam überflogen sie, über die Boote und kleine Schiffe hinweg, die Bucht, um anschließend in geringer Höhe parallel zur Küste zu fliegen.

Bereits aus der Ferne sah sie einen kilometerlangen Sandstrand.

Rund hundert Meter breit, von Palmen und anderen Bäumen, sie kannte deren Namen nicht, umgeben.

Dazwischen winzige, mit bunten Matten gedeckte halboffene Hütten. Etwas weiter vom Meer entfernt, standen zweigeschossige Häuser mit begrünten Flachdächern. Kleine Hotelanlagen, mit eigenen Schwimmbecken.

Gleich am Anfang es Strandes setzte ihr Luftmobil auf.

Robert ergriff ihre Hand und zog sie zu einer der Strandhütten.

Andreas Augen weiteten sich entzückt. Rechteckig, im Halbschatten zwischen Palmen gelegen. Die Seiten, soweit erkennbar, aus eng geflochtenem Material bestehend, der Eingang an der schmalen Vorderseite mit weißer Gaze verhangen.

Richtig romantisch.

Sie schlug die Vorhänge auseinander und staunte. Eine einladende Liege für zwei Personen mit Kissen und Decken an der linken Seite, rechts ein Tischchen mit zwei bequem aussehenden Sesselchen.

Im Hintergrund ein Sideboard und zu ihrer Freude stand daneben ein kleiner Kühlschrank!

Einfach wunderbar!

Hier ließ es sich sicherlich aushalten.

Robert holte Gläser aus dem Schränkchen und entnahm dem Kühlmöbel zwei Flaschen. Er bedeutet ihr, sich zu setzen und servierte zwei Cocktails.

Sein Glas erhebend:

»Auf dein Wohl Andrea und auf einen erholsamen, gemeinsamen Urlaub!«

*

Der märchenhafte Urlaub lag bereits ein Jahr zurück.

Gleich nach ihrer Rückkehr ließ er eines der Firmengebäude mit einem Penthause und bester Aussicht versehen. Mit einem Architekturbüro und einem Innenausstatter erstellte Andrea einen Bau- und Einrichtungsplan. Er ließ ihr völlig freie Hand.

*

Knapp einen Monat später zogen sie zusammen ein.

Bisher wohnten sie getrennt.

Die neue Wohnung? Einfach super! Ihr Zusammenleben auch.

Ihre Zusammenarbeit in der Firma gestaltete sich seitdem ausgezeichnet. Nur die Ergebnisse ließen erst einmal zu wünschen übrig, denn anfangs gab es ziemliche Schwierigkeiten.

Ein Labor mit einem abgesetzten Prüfstand. Dach und Wände aus stabilem Eisenbeton.

Hochgeschwindigkeitskameras hinter feuer- und bruchfesten Glasfenstern.

Zum Glück lag das Versuchsgelände weit außerhalb bewohnter Gebiete.

Als die Prüfanordnung eine Sekunde nach dem Einschalten in die Luft flog, kam niemand zu Schaden.

Wenigsten lieferten die Kameras einigermaßen verwertbare Bilder. Zu ihrer Überraschung ging die Explosion von einem unerwarteten Punkt aus. Materialfehler?

Die theoretisch errechneten Werte waren in Ordnung, aber die Theorie in die Praxis umzusetzen erwies sich als überaus schwierig.

Weitere Prüfstände explodierten.

Dr. Thorsten Müller, der Chefphysiker, bekam langsam graue Haare. Den Ingenieuren und Metallurgen erging es nicht besser.

Nachdem sie die gewünschte Leistung von zehn Megawatt auf ein Megawatt reduzierten, gelang es ihnen, den ersten stabil laufenden Fusionsgenerator in Betrieb zu nehmen. Die darauf folgenden Tests, vor allem bezüglich der Sicherheitsanforderungen, bestand er mit Bravour.

Parallel zu dem in sich geschlossenen Generator entwickelten sie ein auf der gleichen Fusionstechnik basierendes, offenes Triebwerk. Dieses verhielt sich von Anfang an wesentlich gutmütiger.

Die regelbare Ausströmgeschwindigkeit brachte es auf maximal halbe Lichtgeschwindigkeit.

Zeitgleich besorgten sie sich die Baupläne einer NASA Raumfähre als Vorlage.

Und entwickelten in aller Heimlichkeit ein eigenes, kleines Raumschiff.

Keine Hitzekacheln, dafür großflächig konstruierte Deltaflächen. Doppelte Innenwandungen, um das Schiff hermetisch dicht zu bekommen.

Die bisherigen Monstertriebwerke samt den Treibstofftanks entfielen. Drei einzeln steuerbare Fusionstriebwerke im Heck, eines im Bug, dazu die übliche Antigravitationseinrichtung und künstliche Schwerkraft.

Vorübergehend wurde es etwas heikel. Bereits der um die Erde kreisende Weltraumschrott sowie kleine Meteoriten, vom Radar nicht erfasst, stellten eine tödliche Bedrohung dar. Also musste das Antigravfeld erweitert werden. Ein zweites, ähnliches Feld stieß, hoffentlich rechtzeitig, alle sich nähernde Materie ab.

Die bequeme, geradezu luxuriöse Inneneinrichtung, mit einer winzigen Bordküche und einer Toilette, ließen Besatzung und Mitreisende vergessen, dass sie sich in einem Raumschiff aufhielten.

Alles ausgelegt für bis zu fünfzehn Personen.

In vierzehn Tagen sollte der Start erfolgen. Mit Gästen! Andrea, Thorsten und er stellten die Besatzung dar.

Die Leiter der fünf weltweit größten Technologiekonzerne und drei Reporter renommierter Fachzeitschriften erhielten eine Einladung zu einer Produktvorstellung. Mit der Bitte um äußerste Diskretion.

Natürlich sagten alle zu, auch wenn man sie auf Nachfragen nach dem neuen Produkt auf die Präsentation verwies. Aber eine Produktvorführung der PARC war allemal eine Reise wert.

Staunend standen die Gäste in dem hell beleuchteten Hangar.

Vor ihnen ragte der Rumpf eines Flugzeuges, entfernt an ein amerikanisches Spaceshuttle erinnernd, mehrere Meter hoch auf.

Silbern angestrichen, mit roten und blauen Linien versehen.

Einfach überwältigend.

»Darf ich Sie bitten, mir in das Fahrzeug zu folgen? Dort erhalten Sie einen ausführlichen Überblick über unser aktuellstes Projekt!«

Das ließen sie sich nicht zweimal sagen!

Eine Frau und ein Mann, in einer hellblauen, pilotenähnlichen Uniform, begrüßten sie freundlich und wiesen auf die Sessel.

»Bitte nehmen Sie Platz. Herr Davies wird Ihnen eine kurze Einführung geben, danach stehen wir zu Fragen zu ihrer Verfügung, danke!«

Er trat vor seine Gäste. Als ihn alle aufmerksam ansahen, ergriff er das Wort.

»Meine Damen und Herren, ich begrüße Sie an Bord des

Raumschiffs A-T-R-1. Das A ist der Anfangsbuchstabe des Vornamens von Frau Dr. Andrea Liehl, das T der von Herrn Dr. Thorsten Müller und das R stammt von mir. Wenn Sie gestatten,« er unterbrach sich kurz, da Frau Dr. Liehl jedem ein Glas Sekt reichte, »trinken wir auf eine grenzenlose Zukunft! Dieses Schiff wird von drei speziell entwickelten Fusionstriebwerken im Heck beschleunigt und von einem sich im Bug angebrachten abgebremst. Die Energieversorgung kommt aus einer ebenfalls absoluten Neuheit, einem Fusionsgenerator mit ca. einem Megawatt Leistung! In diesem Augenblick melden unsere Anwälte weltweit bei den Patentämtern die revolutionären Erfindungen an. Somit,« er lächelte in Richtung der Reporter, »dürfen Sie erstmalig alles darüber berichten!«

Er legte eine Pause ein, um seinen Gästen Gelegenheit zu geben, das Gehörte zu verarbeiten, ehe der nächste Schock erfolgte.

Sowohl von den Bug- und den Seitenfenstern verschwanden die schwarzen Verblendungen. Ein einstimmiger Aufschrei von Seiten der Passagiere. Vor ihnen, auf dem Frontbildschirm, diesen nahezu ausfüllend, leuchtete der Mond. Langsam drehte er sich scheinbar unter dem Raumschiff hinweg.

»Im Moment umkreisen wir den Mond auf seiner Äquatorlinie. Der gesamte Film unserer Reise wird hochauflösend aufgezeichnet und ihnen nach der Landung zur Verfügung gestellt.«

Nach einer Umrundung verschwand der Mond und klar und rein zeigte sich das All vor dem Bugfenster ab, genauso wie auf den Seitenfenstern.

»Ebenfalls erhalten Sie nachher einen detaillierten Dokumentarfilm über die Technik des Schiffes. Innerhalb von sieben Tagen müssen Sie entscheiden, ob Sie eine

Lizenz mit allen Mathematischen und technischen Unterlagen unserer Patente erwerben wollen.«

Er legte eine kurze Pause ein.

»So bleich wie Sie derzeit aussehen, darf ich Sie sicherlich zu einem Drink und einem Imbiss einladen!«

Er lächelte.

»Wir fliegen jetzt per Autopilot auf einem fest einprogrammierten Kurs. Frau Dr. Liehl und Herr Doktor Müller stehen Ihnen im Moment für alle Fragen voll zur Verfügung. Bitte machen Sie es sich bequem!«

Im Raumschiff ging es ab sofort recht lebhaft zu. Geduldig und kompetent erfolgten die Antworten auf die Fragen. Dabei erkundigten sie sich nach der Höchstgeschwindigkeit des Schiffes.

»Die Basis unseres Antriebes könnte man vereinfacht als Photonenantrieb bezeichnen. Die maximale Geschwindigkeit liegt etwa bei fünfundzwanzig Prozent Lichtgeschwindigkeit!«

»Fünfundzwanzig Prozent Lichtgeschwindigkeit?«

Ungläubig staunend wiederholte einer der Männer die Aussage.

Gelassen wies Frau Dr. Liehl zum Cockpitfenster. Ein roter Planet erschien größer und größer, bis er fast das gesamte Blickfeld ausfüllte.

»Wir befinden uns im Anflug auf eine Umlaufbahn um den Mars. Sie werden sowohl das sogenannte ›Marsgesicht‹ im Cydonia Gebiet als auch dessen Auflösung sehen. Anschließend passieren wir noch die beiden Marsmonde Phopos und Deimos! Da wir nicht mit maximaler

Geschwindigkeit fliegen, sind wir erst in einer Stunde wieder zu Hause!«

Totenstille! Der Mars ...!

Sie konnten es kaum fassen! Keine Schwerelosigkeit, keine Raumanzüge oder Atemmasken, bequemer als mit Bahn oder Bussen, einfach so, einmal Mars und zurück!

Mehrere Minuten lang berieten sich die fünf Konzernlenker leise miteinander. Dann wandte sich einer an Herrn Davies:

»Gleichgültig, wie viel es kostet! Wir erwerben fünf Lizenzen und gründen ein gemeinschaftliches Raumschiffwerk, in welches das gesamte Know-how der beteiligten Firmen einfließt! Zudem haben wir eine riesige Bitte: Können wir das Schiff, in dem wir uns derzeit befinden, kaufen? Einerseits als Muster, andererseits zu öffentlichen Demonstrationszwecken? Wir besitzen extrem gesicherte und bewachte Hangars für unsere geheimsten Prototypen, in denen wir das Raumschiff unterstellen! Selbst Militärs oder Terrorgruppen kommen gegen deren Abwehreinrichtungen nicht so ohne weiteres an! Sollte es tatsächlich jemanden gelingen, gewaltsam einzudringen, geht er Zusammen mit der Flugzeughalle in die Luft.«

Bittend sahen ihn alle an, aber er antwortete abschlägig.

»Sie, wir, sowie ihre und unsere Anwälte, treffen uns in drei Tagen in den Räumen der PARC! Das momentane Schiff ist allerdings nicht zu verkaufen. Es enthält jede Menge Messeinrichtungen, welche Sie nicht benötigen, deren Daten wir zur Weiterentwicklung aber unbedingt brauchen!«

Er lächelte über die enttäuschten Gesichter seiner Gäste.

»Aber vielleicht hilft es, wenn jeder von Ihnen ein eigenes Raumschiff erhält?«

Fassungslos staunend sahen sie ihn an. Das war viel mehr, als sie erwartet hatten!

Herr Davies führ schmunzelnd fort:

»Wir fertigten mehrere Prototypen an. Zwei Tage vor der Auslieferung erwarten wir ihre zukünftigen Piloten zu einer mehrtägigen Flugschulung! Eine Astronautenausbildung ist vorläufig nicht notwendig. Später, wenn ihre Schiffe entsprechende Druckschleusen zum Verlassen im All oder auf fremden Planeten mit Raumanzügen aufweisen, muss eine spezielle Ausbildung erfolgen. Zugeschnitten auf den jeweilig vorgesehenen Einsatz. Aber das ist dann ihre Aufgabe!«

Er schwieg einen kurzen Moment, ehe er hinzufügte.

»Übrigens, auch wir haben selbstverständlich die Unterlagen gegen unlautere Zugriffe geschützt. Wenn es zum Beispiel unserer Regierung einfallen sollte, alles aus angeblich militärischer Staatsräson zu beschlagnahmen oder die PARC zu übernehmen, bringt dies nichts ein. Sie erlangen dennoch keinen Zugang zu vielen weltweit verteilten Servern, die selbst wir nicht mehr steuern können! Danach werden einige der sogenannten ›Schurkenstaaten‹, wobei noch zu klären wäre, wer die wirklichen ›Schurken‹ sind, umgehend ihrerseits geheime Raumschiffswerften einrichten! Das Wissen über diese Technik lässt sich nicht mehr unterdrücken!«

Und mit einem Blick auf die Reporter:

»Sie dürfen das gerne schreiben, vielleicht hilft es, dass es sich dann so mancher vorher überlegt, ob er gewaltsam gegen uns vorgeht!«

Lächelnd fügte er hinzu:

»Die PARC räumt Ihnen ein Exklusivrecht auf die Berichterstattung ein. Wenn Sie Fragen haben, nachher erhalten sie eine unserer Geheimnummern, dürfen Sie jederzeit anrufen. Interviewwünsche anderer Presseagenturen lehnen wir kategorisch ab und verweisen auf unsere Kunden!«

*

Die Breaking News in den weltweiten TV-Sendern überschlugen sich!

Ziviles Raumschiff mit elf Personen an Bord, bequemste Kabinenausstattung bei künstlicher Schwerkraft ...

Kleiner Rundflug um die Marsmonde in ausgezeichneterBildqualität!

Funktionsbeschreibungen, Diagramme, Erläuterungen.

Ob Planeten und deren Monde, Asteroiden, ja sogar der

Kuipergürtel und die Oortsche Wolke, sie alle lagen ab sofort in Reichweite der Menschheit!

Was das Publikum begeisterte, schockte die Fachwelt. Sie konnten es kaum glauben.

Fusionsgeneratoren und Fusionstriebwerke!

Seit Jahrzehnten forschten sie an dieser Technik. Die zwei aussichtsreichsten Prinzipien, Tokamaks und Stellaratoren, waren noch weit von nutzbarer Energieerzeugung entfernt. In zehn Oder zwanzig Jahren? Vielleicht ...

Ausgerechnet dem vergleichsweise winzigen Unternehmen sollte dies gelungen sein? Zudem alles ohne die gigantischen Nebenaggregate, welche sie benötigten? Unmöglich!

Kurzerhand bezeichneten sie den Marsflug zum Fake. Wie Starwars, Startreck und sonstige Science-Fiction-Filme verwiesen Sie den Flug ins Reich der Fantasy.

Die Anwälte der PARC freuten sich!

Wegen Rufschädigung und Verleumdung gingen sie mit Unterlassungsklagen und Schadenersatzforderungen in Millionenhöhe gegen jeden vor, der die Marsreise und die Fusionstechnik als Fake bezeichnete. Was kurz danach in vielen einschlägigen Magazinen zu Gegendarstellungen führte.

In den Kreisen der selbsternannten Autoritäten sprach sich dies in Windeseile herum.

Eine nachträglich in das Raumschiff eingebaute Raumschleuse ermöglichte Besuche auf der ISS. Oder in der Zwielichtzone des Merkur, oder ...

Danach nahm niemand mehr die ›Experten‹ ernst. Die millionenteuren Forschungsprojekte wurden umgehend eingestellt, das Personal entlassen. Ehemals hochkarätige Wissenschaftler standen von einem Tag zum anderen auf der Straße. Mit ihrem neuerdings veralteten Wissensstand besaßen sie kaum noch eine Chance, in höheren Positionen wieder eingestellt zu werden. Nur noch als Hilfskräfte, wenn überhaupt.

Weltweit rollten bei den Geheimdiensten die Köpfe! Nicht einer ihrer Spione hatte erkannt, was die PARC da zusammenbaute. Alle hatten das Raumschiff lediglich als ein größeres, vor allem komfortableres und schnelleres Flugmobil eingestuft. Da nur wenige, sozusagen Hand-verlesene Personen zu den Quantencomputern und deren Ein- und Ausgabecomputern Zugriffsberechtigung besaßen, war ihnen vieles verborgen geblieben.

Zu spät!

Natürlich versuchten einige Regierungen, die Raum-schiffe, angeblich aus Gründen der nationalen Sicherheit, zu beschlagnahmen.

Was bedeutet, dass sie in keinem dieser Länder lande-ten. Spionen, äh, Agenten, in das neue gemeinschaftliche Raumschiffswerk einzuschleusen? So gut wie unmöglich und zudem viel zu spät.

Das Werk war besetzt mit zuverlässigen Spitzenkräften aus den bisherigen fünf Konzernen.

Mit einem hochkarätigen Sicherheitsdienst, sowohl im ITBereich als auch im Personalbereich.

Nach nur einem Monat, in Tag und Nachtschicht, ver-ließen bereits täglich fünf Raumschiffe des Prototyps, natürlich mit Raumschleusen, das Band. Und gingen, sehr zum Ärger der Großmächte, welche mit Beschlag-nahme und Klagen gedroht hatten, an friedliche, neutrale Klein- und Drittweltstaaten.

*

Wie bei politischen Entscheidungen üblich, jagte eine Konferenz der Weltmächte, die andere, ohne, dass sie sich einigen konnten.

Zwei der ›Großen Sieben‹ verhandelten im Stillen mit der PARC und deren fünf Lizenzträger.

Nach diversen Auflagen, äußerst erfolgreich.

Danach zerfiel der ›Club der Großen Sieben‹!

Aufbruchsstimmung, Goldgräberstimmung erfasste die Menschen.

Viele Firmen stellten sich in kürzester Frist um.

Preisgünstige Raumanzüge, sozusagen für den Volksgebrauch, entstanden.

Schnellstens entwickelten finanzkräftige Betriebe Geräte und Hilfsmittel, die ein Erz- oder Mineraliensucher benötigte.

Vor allem handelte es sich um Analysegeräte zur Identifizierung seltener Erden und natürlich auch für Gold.

Anfangs schürften sie überwiegend im Asteroidengürtel, wobei besonders Mutige beispielsweise die Mars- und Jupitermonde anflogen.

Bergungsraumschiffe entstanden, um havarierte Schürfer zu retten. Gesellschaften formten sich, die Erzsucher unter Vertrag nahmen und deren Erze abtransportierten sowie diese im Gegenzug ihrerseits mit Wasser, Lebensmittel und sonstigem versorgten.

*

Auch auf der Erde gab es tiefgreifende Veränderungen.

Die nach wie vor auf vollautomatischen Fertigungsstraßen entstehenden Flugmobile bewirkten eine bisher weltweit undenkbare Mobilität. Diktaturen und ähnliche autokratische Systeme verloren ihre Bevölkerungen. Weltreligionen liefen ihre Gläubigen scharenweise davon. Noch mehr Umwälzungen erfolgten durch die überall lokal aufstellbaren Fusionsgeneratoren.

Riesenhafte Windparks, genauso wie Wasserkraftwerke, Kohlekraftwerke und Atommeiler wurden nach und nach überflüssig. Örtliche Versorger lösten Umspannwerke und Überlandleitungen ab. Durch die praktisch fast umsonst erhältliche Fusionsenergie machten sich die Städte unabhängig von den bisherigen Stromkonzernen.

Welche alsbald Insolvenz anmeldeten.

Heizöl? Wozu? Umweltfreundliche Elektroheizungen, mit Schadstoffemissionen von Null, machten Ölbrenner und Öltanks obsolet. Schornsteine auch.

Zwar nicht von Heute auf Morgen, aber so nach und nach.

Allerdings zu hundert Prozent bei Neubauten.

Da die Umwandlungen nicht abrupt erfolgten, passten sich ehemalige Großkonzerne an und stiegen, wo es Sinn machte, in die neuen Techniken ein.

Auch politisch änderte sich so manches.

Erste Staaten schlossen sich zusammen, bildeten eine überordnete Regierung mit eigener Justiz und Polizeiorganen.

Ohne Militär!

Fein, sehr fein!

*

Kreisende Feuerräder, durchzogen von schwarzen Schatten, ein infernalisches Dröhnen, Hitze, unversehens mit Eiseskälte abwechselnd, Übelkeit und ...

Samtene, nachtschwarze Dunkelheit umfing ihn.

Bewusstlos, nur von den Sicherheitsgurten gehalten, hing er mehr, als dass saß, im Pilotensitz des Flugmobiles. Dieses flog weiterhin auf dem einprogrammierten Kurs.

Langsam kam er wieder zu sich.

Vor ihm die befand sich Steuerzentrale eines Raumschiffs. Sie waren im Landeanflug auf Terra Nova.

Für einen Moment huschten bunte Lichter durch sein Blickfeld.

Er erkannte, dass er in seinem Flugmobil saß.

Danach der Schock ... er erinnerte sich ... er war Major Caden Walker, Hüter der terranischen Föderation! Ein Colonel der Marine hatte ihn betäubt und anscheinend in dieses unbekannte Gerät gesetzt und angeschnallt. Die Hände gebunden, sodass er nichts verhindern konnte.

Vor ihm, hinter einen Schreibtisch, saß ein ihm fremder Raumadmiral.

Ingrimmig vernahm er dessen Worte. Noch ehe er es sich versah, wachte er ohne Gedächtnis um seine Herkunft auf dieser Welt auf.

Major ...

Andrea?

Ob sie ebenfalls ihr Gedächtnis zurückbekommen hatte?

Ein Druck auf die Hometaste und maximal zulässige Geschwindigkeit.

Sein Schweber raste über die Landschaft. Vor ihm kamen die Gebäude der PARC in Sicht.

Vor dem Eingang des Penthouse stoppte das Flugmobil.

Er stürzte förmlich in die Wohnung.

Taumelnd kam Andrea ihm entgegen. Behutsam nahm er sie in den Arm.

»Mein Name ist Caden Walker, Major im Raumsicherheitsdienst und Hüter der Föderation. Und wer bist Du?«.

Langsam fasste sie sich.

»Ich heiße Emily Wilson, ebenfalls Major

Im Raumsicherheitsdienst, Hüterin der Föderation und vermutlich genau wie Du entführt und in die Vergangenheit geschickt. Und durch was auch immer für einen Fehler in die gleiche Zeit!«

Sinnend sah er in die Ferne, nichts tatsächlich sehend.

»Womöglich irrst Du dich, Andrea. Meiner Ansicht nach wurden wir paarweise in diese Zeit gesandt! Gleichsam Adam und Eva!«

Er sah sich um.

»Wir sind derzeit beide geschockt! Hier ist es mir zu still! Mein Vorschlag ist: Wir nehmen ein Lufttaxi und fliegen zu ›Chez Charlie‹. Eine Kleinigkeit essen und unseren Frust runterspülen! Einverstanden?«

Unsicher, zögernd nickte sie.

*

»Wie soll es jetzt weitergehen, Robert?«

Im Laufe des gestrigen Abends hatte Andrea sich wieder gefangen.

Zudem einigten sie sich darauf, ihre bisher geläufigen Namen zu behalten. Ihre echten verblieben in einer für sie unerreichbaren Zukunft.

Ihre Aufgabe schien klar: Sie waren ab sofort die Hüter der Erde in dieser Zeitlinie! Warum sonst hätte der schurkische Admiral zwei Hüter entführen lassen?

Diese Welt hatte dank ihrer Hilfe zwei bedeutende Technologiesprünge gemacht: die Schwerkraft entschlüsselt und Fusionstechniken eingeführt.

Was kam noch?

»Weißt Du, Andrea, in der nächsten Zeit sollten wir uns darauf konzentrieren, eine übergeordnete, frei gewählte Weltregierung zu installieren. Eine weltweite Demokratie ohne Grenzen! Eine einheitliche Rechtsprechung, freier Warenaustausch, und, wie bei unserem ›standardgalaktisch‹, eine einheitliche Sprache einführen. Dies gilt gleichfalls für die Schrift! Im technischen Bereich ist dies ja mit englisch bereits Standard. Wir werden Symposien auf Kosten der PARC veranstalten, mit Geisteswissenschaftlern, Politikern, Philosophen, Rechtsgelehrten, die den Rahmen und die Regeln für eine zukünftige Regierungsform erarbeiten sollen!«

Und nach einer kurzen, nachdenklichen Pause:

»Am Beispiel der amerikanischen Unabhängigkeitserklärung werden wir eine Charta entwerfen. Die für Freiheit und Frieden stehen soll!«

Er sah sie ernst an.

»Jemand hat uns als Hüter dieser Welt, wenn auch unfreiwillig, eingesetzt. Tiefgreifende Änderungen erfolgten durch unsrige technischen Entwicklungen bereits. Wir haben mit unseren Formeln die Zukunft veränder. Jetzt muss die PARC ihrerseits sich ändern und neu ausrichten. Zu unserer Zeit gab es viele raumfahrende Rassen. Nicht immer friedlich! Wie steht es damit in der heutigen Zeit? Werden wir längst beobachtet? Wer zu uns kommt beherrscht die Überlichtgeschwindigkeit und ist uns waffentechnisch weit voraus. Wir beide haben eine extrem lange Lebenszeit und besitzen Gürtel mit einer absoluten Höchsttechnologie. Niemals dürfen wir Außerirdischen in die Hände fallen! Irgendwo müssen wir uns bei Bedarf unterirdisch, eventuell jahrelang verbergen können. Eine Bunkeranlage aus dem Krieg heimlich ausbauen lassen? Angeblich als privater Schutzbunker? Wäre das eine Aufgabe für dich?«

Andrea sah ihn fassungslos an. Also, das musste sie erst einmal verdauen. An sich selbst hatte sie bisher überhaupt nicht gedacht.

An Außerirdische schon gar nicht.

Er sah auf die Uhr.

»Schluss jetzt! Ab zu ›Chez Charlie‹. Einverstanden?«
Natürlich stimmte sie zu.

*

Erwartungsvoll saßen die Angestellten der PARC im großen Vortragssaal.

»Meine Damen und Herren, danke dass Sie gekommen sind. Bitte hören sie ruhig zu und stellen Sie keine Zwischenfragen. Die bisherigen Schwerpunktaufgaben der PARC entfallen! Nichts mehr mit ›Ancient Research‹! Ab sofort konzentrieren wir uns auf die durch unsere Erfindungen möglichen Verbesserung der zukünftigen weltweiten Lebensgrundlagen. Primär besteht das größte Problem darin, überall eine ausreichende Trinkwasserversorgung sicherzustellen. Wir stellen aus den Gewinnen, je nach Bedarf, wo es geht, Grundwasserpumpen mit entsprechenden ortsfesten Fusionsgeneratoren kostenlos zur Verfügung. Abgelegene Dörfer, wo auch immer, erhalten eine dauerhafte Frischwasserversorgung sowie zusätzlich Wasser zur Bewässerung für ihre Felder und zum Anlegen von Bewaldung. Nirgendwo sollen Anpflanzungen, ob in Europa, Asien oder Amerika mehr verdorren, Ernteausfälle durch Wassermangel auftreten. Dadurch wird eine breit angelegte Ernährungsgrundlage entstehen, ohne dass bestehende Wälder, ich denke beispielsweise ans Amazonasgebiet und Ähnliches, weiterhin Brandrodungen zum Opfer fallen! Selbstverständlich sorgen wir dafür, dass überall Elektrizität zum Niedrigstpreis erhältlich ist. In Ländern wie Spanien, Portugal, Italien oder Griechenland, um nur einige zu benennen, unterstützen wir primär Aufforstprojekte inklusive der notwendigen Bewässerung.«

Gelassen griff er zu dem vor ihm stehenden Glas, hob es an die Lippen und nahm in aller Ruhe einen großen Schluck.

Anschließend fuhr er fort:

»Kurz gesagt, die PARC setzt ihre Mittel dafür ein, dass niemand mehr hungern muss! Des Weiteren widmen wir uns ab sofort dem Thema Rohstoffrecycling. In ausgetrockneten Seen, an Meeresküsten, überall liegen gestrandete, stählerne Schiffswracks. Oder, wo immer man hinschaut, rosten beispielsweise ausrangierte Lokomotiven vor sich hin. Mit allen Ersatzteilen wie Achsen, Rädern und natürlich auch Waggons. Auf stillgelegten Bahnstrecken, sie werden nie mehr benötigt, existieren Millionen Tonnen von Gleisen aus hochwertigem Eisen. Kauft dieses, sofern nötig, zum aktuellen Schrottpreis auf. Den Transport übernehmen wir. Dank der kostenlosen Energie unserer Fusionsgeneratoren ist ein Leichtes in Induktionsöfen alles einzuschmelzen. Anschließend zu Barren gießen und einlagern. Später bieten wir sie auf dem Weltmarkt wiederum preisgünstig an. Ein weiterer Schritt ist, die trockenen Wüsten langsam zerfallenden Flugzeuge aufzukaufen. Wir beauftragen eine Recyclingfirma, den Elektroschrott der Wracks aufzuarbeiten, sowie die Aluminiumhüllen ebenfalls zur Wiederverwendung bereitzustellen. Auch zur Reinhaltung der Ozeane leisten wir zukünftig einen Beitrag. Mit entsprechender Ausrüstung fischen wir, soweit machbar, den Kunststoffmüll aus den Meeren und entsorgen ihn in der Sonne. Genauso wollen wir mit radioaktivem und sonstigem hochgiftigem Müll verfahren. Kostenlos!«

Ein kurzer Rundblick über die gespannt lauschenden Zuhörer.

»Zusammengefasst: Das Ziel der PARC wird sein, die Erde auf breiter Basis überall stetig ein wenig lebenswerter zu machen und dabei an zukünftige Generationen denken! Ich danke Ihnen!«

*

Wasser! Der Quell des Lebens!
Erschlossen durch die PARC.
Dürren verloren mit fortschreitender Zeit ihren Schrecken. Viele Regionen erblühten im wahrsten Sinn des Wortes. Slums, Elendsviertel und Favelas lösten sich langsam auf. Kohlekraftwerke, wahre CO_2-Dreckschleudern verschwanden nach und nach, stattdessen nahmen die Pflanzen in den zunehmenden Grünflächen das CO_2 auf und gaben Sauerstoff ab.

Das Klima besserte sich von Monat zu Monat deutlich. Die vom Menschen verursachte Erderwärmung nahm messbar ab.

An Orten, an denen es wenig Grundwasser gab, lieferten Pipelines mehr Wasser, als voraussichtlich je gebraucht wurde.

Alle waren zufrieden, gab es doch kaum noch dürrebedingten Hungersnöte mehr.

Wenn irgendwo Wasser benötigt wurde, genügte ein Anruf auf der PARC-Hotline und kurz danach kam ein Mitarbeiter vorbei und sorgte für rasche Abhilfe. Ohne Kontaktierung irgenwelcher Behörden. Und keine Bestechung noch Schmiergelder!

Von der PARC geförderte Hilfsorganisationen kümmerten sich um bisher kranke und unterernährte Menschen und installierten ein Gesundheitswesen vor Ort. Großzügig ausgestattet mit medizinischen Hilfsmitteln und Medikamenten.

Natürlich gab es anfangs Probleme mit einigen Personen und Gruppen, im Klartext Banden, welche Schutzgeld forderten und ernten wollten, wo sie nicht gesät hatten. Umgehend erhielten diese Besuch von hart und kalt dreinblickenden Männern in Söldnerkleidung. Ein paar tote Erpresser, verwüstete Einrichtungen, viele gebrochene Knochen und ausgeschlagene Zähne, überzeugten das Gesindel rech schnell, die von PARC geförderten Projekte in Ruhe zu lassen. Ein bisher üppig von erpresstem Schmiergeld lebender Behördenleiter wähnte sich aufgrund seines Beamtenstatus für unangreifbar. Ein zufällig ausgebrochenes Großfeuer löste das Problem. Reines Pech, dass der uneinsichtige Beamte mit verbrannte.

Der zuständigen Minister, auch er profitierte von den Erpressungen, beschwerte sich umgehend.

Im Gefängniskrankenhaus sah er ein, dass er dringend eine andere Arbeitsstelle brauchte. Nach den Absitzen seiner mehrjährigen Haftstrafe wegen Korruption.

Im Hintergrund, von der PARC unterstützt, wurde das in der internationalen Presse ausführlich berichtet. Was die betreffenden Kreise weltweit recht deutlich verstanden.

Zwei oder drei, die Kerlchen blieben einfach zu unbelehrbar, versuchten es trotzdem. Ein kurzer Besuch einiger absolut humorloser Söldner erfolgte, danach gaben sie endgültig Ruhe!

*

Nachdenklich, bei einem ausgezeichneten Rotwein, Spätburgunde Beerenauslese, saß er mit Andrea auf der Dachterrasse, die aktuelle Lage besprechend.

Die weltweite Wasserversorgung klappte hervorragend, die Lebensmittelverteilung in Hungergebieten ebenfalls.

Flugmobile stürmten durch die Gegend und schufen die Basis für eine günstige Versorgung mit Gütern aller Art. Positiv wirkte sich aus, dass Lebensmittel aus Überproduktionen nicht mehr vernichtet werden mussten, sondern den Bedürftigen nahezu kostenlos zur Verfügung standen. Wobei die PARC mithalf, wo sie konnte. Vorübergehend negativ hingegen gestaltete sich die Flut von Rauschgift. Ohne Zollkontrollen wurden Heroin, Kokain und andere Drogen jedoch nicht mehr aus dem Markt genommen. Was alsbald zu einem enormen Preisverfall führte. So manches Drogenkartell ging Pleite.

Aufständische und Rebellen entledigten sich schnell ungeliebter Regierungen. Und wenn sie danach ihrerseits die Bevölkerung drangsalierten, liquidierte man sie ebenfalls. Was umgehend für Ruhe und Ordnung sorgte.

Erste Länder schlossen sich zusammen und installierten gemeinsam demokratische Regierungsformen. Freie Wahlen garantiert. Nur einmal durften sie sich die Kandidaten zur Wiederwahl aufstellen lassen. Mit Hinblick auf die Zukunft, auf die ›Vereinigten Staaten der Erde‹, entstand eine Verfassung. Mit dem Ziel, eine allgemein anerkannte Weltregierung zu bilden.

Alles in allem sehr erfreulich!

Ob in der Zwielichtzone des Merkurs, in Biosphären auf dem Mars oder beispielsweise auf geeigneten Jupitermonden, überall bildeten sich stetig wachsende Ansiedlungen.

Was ihren Plänen entgegenkam.

Bald konnten sie zum großen letzten Schlag ausholen, danach ...

Das ›Danach‹ hing dann nicht mehr von ihnen ab.

*

»Wie bitte? Wiederholen Sie das noch einmal!«

Im kleinen Konferenzsaal der PARC hatte sich eine namhafte Runde von Abgesandten mehrerer Staaten eingefunden.

Geduldig wiederholte der Sprecher:

»Herr Davies, sie leisteten unendlich viel für die Allgemeinheit und tun es noch immer! Wir möchten Sie daher zum ersten Präsidenten der bisherigen vereinigten Länder vorschlagen!«

Selten, dass er so dumm aus der Wäsche geschaut hatte!

Gleich darauf lächelte er.

»Meine Damen, meine Herren, ihr Angebot ehrt mich. Gleichwohl muss ich es ablehnen, genau aus dem Grunde mit dem Sie mich vorschlagen. Noch will ich viel bewirken. Als Präsident wäre ich viel zu sehr mit repräsentativen Aufgaben ausgelastet und stünde für die

PARC nicht mehr ausreichend zur Verfügung. Das möchte ich keinesfalls!«

Nach einem Schluck Wasser fuhr er fort:

»Zudem, warum sollte ich mein weltweites Engagement gegen den, zumindest derzeit doch recht begrenzten Bereich im Rahmen der bisher vereinigten Länder eintauschen?«

Die Ironie in seiner Stimme war nicht zu überhören.

»Wissen Sie, ich bin ein ›Global Player‹, der die Freiheit des Handels sowie die eigene schätzt. Irgendwelche Reden halten, stets im Rampenlicht der Öffentlichkeit, von Paparazzi verfolgt, nein, das ist absolut nichts für mich! In ihren Ländern gibt es sicherlich geeignetere Personen. Bitte haben Sie dafür Verständnis!«

Einerseits machten die Abgesandten lange Gesichter, andererseits konnten Sie ihn auch verstehen.

Bei kulinarischen Häppchen höchster Güte, einer Vielfalt an Getränken, standen sie sich zwanglos unterhaltend, zusammen.

Andrea untermauerte seine Argumente, dass er in der PARC voll ausgelastet sei.

Was sie letztendlich akzeptierten.

*

»Deine Argumente hörten sich für mich nicht so besonders überzeugend an! Als frei gewählter, anerkannter und geachteter Präsident könntest Du viel erreichen! Also, was ist der wahre Grund?«

»Aber Schatz! Denke an unseren einzigartigen Status! Skandal Fotografen, neugieriges Personal und überall Überwachungskameras! Innerhalb kürzester Zeit würden sie unsere einmaligen Einsatzgürtel entdecken! Da hierzulande noch immer irgendwelche Irren gegen jegliche Autorität sind, wird auf uns todsicher früher oder später ein Attentat verübt! Und ohne die Silbergürtel ...? Was nutzt uns eine lange Lebenszeit, wenn sie vorzeitig gewaltsam beendet wird?«

Er lächelte spöttisch.

»Die PARC wird sich offiziell vom Thema ›Entwicklung‹ Zurückziehen. Es verbleiben nur noch eine paar kleinere Labors und Werkstätten, dein Rechenzentrum und einige sonstige unwesentliche Einrichtungen. Ansonsten reisen wir gemütlich in der Welt herum, Projekte, an denen wir uns beteiligen, besuchen und hier und da als Gastredner auf unwichtigen Veranstaltungen auftretend. Alles völlig harmlos, sodass wir aus dem Focus der Reporter und weiterer Neugierigen verschwinden. In rund zwei Jahren beenden wir den Ausflug und werden hier sesshaft.«

*

Sie konnten mehr als zufrieden sein! Not und Elend waren so gut wie vollständig besiegt.

Der Zusammenschluss zu den ›Vereinigten Staaten der Erde‹ zu über neunzig Prozent abgeschlossen. Die paar Ausnahmen fielen nicht ins Gewicht.

Auf ihrer Reise hatten sie unzählige Menschen kennengelernt,

viele Hände geschüttelt und an die hundert Vorträge gehalten.

Dazwischen Ausflüge zu den landschaftlich reizvollsten Gegenden unternommen.

Ein paar Tage auf einer Yacht oder einfach nur am Strand erholen.

Projekte besichtigen ... und ...!

Doch jetzt ...

Ein allerletztes Unterfangen.

Die Krönung aller Entwicklungen. Mit nicht voraus zu sehenden Folgen!

Noch einmal bezogen sie die längst verlassenen Entwicklungsbereiche und reaktivierten die Werkstätten und Montagebereiche sowie die Rechner. Nachdem die ersten Raumschiffe im Sonnensystem herumflogen, stellte die ARC alle Forschungs- und Entwicklungsarbeiten ein. Die Betreuung der weltweiten Projekte natürlich nicht.

Die Wissenschaftler, Ingenieure, Techniker und so gut wie alle Fachleute hatten zu den Raumschifffirmen gewechselt und angemessen bezahlte Stellungen erhalten.

Dr. Torsten Müller hingegen fühlte sich unterfordert. Die Schulung neuer Mitarbeiter, so anspruchsvoll diese auch ausfiel, sie befriedigte ihn nicht. Er bevorzugte die Tat, er liebte es, Neues zu entwickeln, und sah sich nicht als Mann der Worte.

Als sie ansprachen, erklärte sich der begeistert bereit, wieder in der PARC mitzuarbeiten.

Andrea übernahm wie gewohnt die Rechner und er sollte die theoretischen Grundlagen dann in ein funktionierendes Produkt umsetzen.

Als er erfuhr, was er entwickeln musste, sah er für einen Moment geschockt drein. Da er von seinem früheren Team anwerben durfte, wen er wollte, beruhigte er sich umgehend wieder. Mit den bekannten und bewährten Mitarbeitern ließ sich einiges anfangen!

Mit Andrea und Torsten saß er bei einem gemütlichen Imbiss zusammen.

»Parallel zur Primäraufgabe sind, nur zur Verteidigung natürlich, hochwertige Waffen sowie die dazugehörigen Ortungsgeräte zu entwickeln. Andrea übergibt dir morgen die Unterlagen, genauer gesagt die Formeln für einen scharf gebündelten Energiestrahler. Zum Thema Ortung können wir nichts beitragen. Stelle bitte drei Teams zusammen. Waffe, Ortung und Hauptentwicklung. Wobei Gruppe drei unter allerstrengster Geheimhaltung arbeitet! Mit einem der Raumschiffebauer machte ich ab, dass wir in einem halben Jahr ein Schiff erhalten. Versehen mit den aktuellsten Generatoren und mit der üblichen Technologie. Niemand soll vorzeitig von unserem Vorhaben erfahren. Triebwerke und Computer werden ausgebaut und unauffällig entsorgt. Ebenso bauen wir heimlich die Bewaffnung ein. Danach wie gewohnt: handverlesene Kunden zu einem intergalaktischen Rundflug einladen.«

Er erhob sein Glas:

»Auf ein gutes Gelingen unseres Projektes!«

*

Acht lange arbeitsreiche Jahre ...

Aber sie hatten sich gelohnt.

Der Weg zu den Sternen stand den Menschen offen!
Überlichtschnell ... !

Die verbesserten Antriebe brachten das Schiff in wenigen Minuten auf Sprunggeschwindigkeit.

Quantencomputer allerhöchster Güte steuerten und regelten alle erforderlichen Vorgänge.

Von der Kontrolle der Triebwerke, von dem Auf-und Abbau der zum Sprung notwendigen Felder, bis hin zur kompletten Navigation. Aus Sicherheitsgründen alles dreifach vorhanden, sich gegenseitig überwachend.

Jetzt folgte der letzte Schritt:

Die Vorführung des Prototyps!

*

»Meine Damen und Herren! Wir freuen uns über ihr Interesse an unserm Produkt. Wie in der Einladung geschrieben, laden wir Sie zu einer zweitägigen Rundreise ein! Sie erhalten von uns, nach Unterzeichnen der Lizenzverträge kostenlos alle Unterlagen. Wir erheben weiter nichts als einen prozentualen Anteil an jedem Hverkauften Raumschiff! An Bord führen Frau Dr. Andrea Liehl und Herr Dr. Torsten Sie in die neue Technologie ein. Gesteuert wird das Schiff von zwei speziell geschulten Astronauten. Diese stehen Ihnen später zur Beantwortung ihrer Fragen voll zur Verfügung. Bitte begeben Sie sich jetzt an Bord der ›Terra Eins‹. Wie wünschen einen guten Flug!«

Zehn Vertreter, je zwei aus den fünf wichtigsten Firmen, sowie fünf Reporter der internationalen Presse stiegen ein.

Rein optisch sah das genauso aus wie alle anderen Raumschiffe.

Nichts neues also. Trotzdem sahen sie gespannt der Vorstellung des Schiffes entgegen.

Versorgt mit Getränken und Snacks saßen sie entspannt und bequem zurückgelehnt in körpergerechten Kontursesseln.

Vor ihnen ein Pult, dahinter Herr Robert Davies. Er betrachtete seine Zuhörer mit dünnem Lächeln.

Dann ließ er die Katze aus dem Sack:

»Sie reisen seit ein paar Minuten in einem Raumschiff mit Überlichtantrieb! Wir nähern uns bereits unserem ersten Ziel, dem rund fünfundsechzig Lichtjahre entfernten Stern ›Aldebaran‹! In Knapp eineinhalb Stunden werden wir dort ankommen. Bitte sehen Sie selbst!«

Blenden glitten zur Seite, gaben dadurch den Blick ins All frei.

Totenstille!

Zumindest für einige Sekunden. Danach brach im Schiff ein nicht zu stehendes Geschrei aus, die meisten seiner Zuhörer sprangen auf und schrien wild durcheinander.

Begeisterung, Angst, Unglauben und vor allem Fassungslosigkeit.

Er hob die Hand:

»Beruhigen Sie sich jetzt! Es ist uns klar, dass dies für Sie zuerst einmal schockierend ist. Frau Dr. Liehl gibt Ihnen eine vorläufige Übersicht über das Thema ›Linearflug‹, sowie zu den erforderlichen Zusatzentwicklungen wie überlichtschnelle Funktechnik und Ortung. Andrea bitte!«

Langsam trat wieder Ruhe ein. Gespannt lauschten sie dem Vortrag. Im Anschluss daran durften sie beliebig viele Fragen stellen. Was sie auch reichlich nutzten. Bis direkt vor ihnen ein Stern größer und größer wurde. Ein Doppelstern ...

Aldebaran ...!

*

Benommen von den unfasslichen Eindrücken der intergalaktischen Rundreise, von der Schönheit des Universums, vom Glanz der roten und blauen Sonnen sowie vom fernen Leuchten, ausgehend von Myriaden Sternen, stolperten sie aus dem Raumschiff.

Dr. Müller geleitet sie zum Vortragssaal der PARC.

Alle hatten sie den Lizenzvertrag unterzeichnet. Was auch die zusätzlichen Lizenzen bezüglich überlichtschneller Funkverbindungen anbetraf. Selbst wenn die Sprachqualität noch zu wünschen übrig ließ.

»Meine Damen und Herren, wir bauten fünf weitere Raumschiffe und schulten jeweils zwei Piloten. Wenn Sie es möchten, können sie je eines zum Herstellungspreis erwerben. Das Schiff, mit dem Sie eben flogen, ist wieder gestartet und verbirgt sich mit den anderen fünf Einheiten weit außerhalb des Sonnensystems. Nach Kauf eines Schiffes wird es Ihnen auf ihrem Firmengelände samt Besatzung übergeben. Danach müssen Sie selbst dafür sorgen, dass es niemand unrechtmäßig beschlagnahmt Oder gar stiehlt! Die Damen und Herren von der Presse dürfen ab sofort mit ihren Berichten an die Öffentlichkeit gehen! Die PARC wünscht Ihnen für die Zukunft viel Erfolg!«

Dr. Müller trat vom Rednerpult zurück.

Ab jetzt würde es äußerst heiß zugehen!

*

Die Welt geriet aus den Fugen!

Der Besitz eines echten Raumschiffes, welches überlichtschnell durch die Milchstraße und noch weiter hinaus fliegen konnte, versprach unendlichen Reichtum!

Erdähnliche Planeten fielen den Entdeckern zu, lästige Eingeborene rottete man einfach aus.

Irdische Gesetze besaßen keine Gültigkeit mehr, ein Paradies für Gesetzlose!

Viele, allzu viele dachten so.

Die PARC wurde von schwerstbewaffneten Söldnertruppen angegriffen, die fünf Firmen, welche die Raumschiffe hatten, ebenso.

Sekunden nach dem Versuch, sich die begehrten Objekte gewaltsam anzueignen, vernichteten rund zwei Meter durchmessende, metallisch glänzende, fliegende Kugeln die Angreifer.

Die Söldner, ihr Material, abgesetzte Befehlsstände vergingen in Höllengluten aus bisher unbekannten Energiestrahlern.

Niemand hatte mitbekommen, dass die PARC in harmlos aussehenden, weit vom Firmenstandsitz entfernten, anspruchslos wirkenden Firmen durchschlagende Waffen entwickelte und fertigte! Selbstverständlich über neutrale Anwälte, sodass niemals ein Bezug zur PARC zu erkennen war.

Doch jetzt ...

Minuten nach dem Angriff kam der weltweite Gegenschlag!

Gnadenlos!

Geheimdienste, Verteidigungszentralen, gleichgültig ob ober oder unterirdisch angelegt, wurden vernichtet!

Kasernen, Militärdepots, Kriegsschiffe, Kampfflugzeuge, bevor sie reagieren konnten, waren sie eliminiert!

Atom-U-Boote, Basen für Atomraketen samt den Startsilos, erbarmungslos ausgelöscht!

Anscheinend orteten die tödlichen Kugeln nicht nur so gut wie jedes bewaffnete Fahrzeug von Rebellengruppen, auch zu Kampfeinheiten missbrauchte Flugmobile vergingen im Feuer der Kampfkugeln!

Selbst die von Partisanen und Aufständischen angewandte Taktik mit den ›Ameisenpfaden‹ erbrachten nicht den geringsten Nutzen. Die mitgeführten Waffen ließen sich leicht orten. Zu leicht!

Aber auch zivilen Gangstern und Banditen ging es an den Kragen.

Rauschgiftkartelle, Schutzgelderpressung, Bandenbildung, Triaden, niemand wurde verschont!

Überall die gleiche Frage: Wer?

*

Wo es ging, saßen die Menschen vor den Fernsehgeräten.

Herr Robert Davies Chef der überall, in der Welt bekannten Firma PARC stand vor den Kameras und Mikrofonen.

Ernst dreinsehend, mit fester, sicherer Stimme:

»Meine Damen und Herren, Bewohner dieser Erde! Wir gaben Ihnen die Freiheit der Mobilität, Wasser für alle und Energie im Überfluss, besiegten den Hunger! Unser Sonnensystem machten wir zugänglich, doch was ist daraus geworden?«

Er legte eine kurze Pause ein, um beschwörend fortzufahren:

»Kriege, Unterdrückung und Verbrechen sind an der Tagesordnung. Konzerne häufen sinnlos Milliarden an, entziehen das Geld der Gemeinschaft! Sogenannte Anleger, welche nicht wissen wohin mit all ihrem Geld, übersehen in ihrer Gier, dass auch sie nichts als Schädlinge an der Menschheit sind. Können solche Menschen ihr Vermögen mit ins Jenseits nehmen! Nein! All diese Lumpen versuchen dennoch mit Gewalt, nach den Sternenschiffen zu greifen, nur um noch mehr nutzlose Schätze anzuhäufen. Das kann ich nicht zulassen, nicht verantworten, dass der alltägliche, irdische Wahnsinn ins Universum exportiert wird!«

Er legte eine Pause von gut einer Minute ein, in der er müde wirkend in die Kameras schaute.

»Vor einiger Zeit lud man mich zu einer Sitzung ein. In dem Flugmobil, welches mich abholte, verband man mir die Augen. Nach der Landung führte man mich zu einem Stuhl und nahm mir die Augenbinde ab. Vor mir stand ein kleiner Tisch mit belegten Brötchen und Getränken. Dahinter in etwa fünf Meter Abstand ein Halbrund, mit dreizehn Gestalten, ganz in Schwarz gekleidet und mit Gesichtsmasken. Sie baten mich, als Leiter der PARC, um Hilfe. Sie seien Richter, Staatsanwälte und Rechtsgelehrte. Ihr Grundgedanke lief daraus hinaus, dass man das, was Verbrechen genannt wird, niemals auslöschen kann. Aber die Verbrecher als Personen durchaus. Das sah ich auch so und deshalb übergab ich ihnen die Kugeln inclusive der alleinigen Kontrolle über diese. Sie werden jeden, der gegen die Grundsätze der Menschlichkeit verstößt, verurteilen und richten. Erst wenn Ihr, die Menschen der Erde, eine frei gewählte Regierung, eine Verfassung und einen höchsten unbestechlichen Gerichtshof schafft, wenn Recht und Gerechtigkeit weltweit Gültigkeit besitzen und auch ohne Ansehen der Person Anwendung finden, dann treten sie zurück und übertragen ihre Tätigkeit an legale Instutionen.«

Wiederum eine kurze Pause.

»Mir bleibt nur die Bitte an Sie alle, schafft eine weltweit gültige Verfassung als Grundlage für eine demokratische Regierungsform! Ihr besitzt die Mittel, um aus dieser Welt ein Paradies zu machen. Ich danke Ihnen!«

*

Innerhalb weniger Tage erloschen alle Kriege. Ob Rebellen- oder Guerillaverbände, ob Triaden oder Ähnliches, sie wurden ausnahmslos in kürzester Zeit gerichtet!

Betrüger verschwanden genauso schnell wie korrupte Beamte und Politiker.

Die Menschen atmeten auf. Das Joch der Unterdrückung ward von ihnen genommen!

*

Zufrieden stieß er mit Andrea an.

Unter dem Jubel der Weltbevölkerung starteten fünf Fernraumschiffe. Die Menschen der Erde flogen in den Weltraum, hinauf zu den Sternen!

Zumindest auf dieser Zeitlinie ...